EL BALANCÍ

856

Jordi Coca

El darrer dia

Edicions 62
Barcelona

La citació de Pasolini de la pàg. 104 la donem en traducció
de Joan Casas (Pier Paolo Pasolini, *Nois de la vida*, MOLU/s. xx,
Barcelona: Edicions 62, 1994, p. 114).

*El paper utilitzat per a la impressió d'aquest llibre té la qualificació
de paper ecològic i procedeix de boscos gestionats de manera sostenible.*

Primera edició: setembre del 2022

Diagonal 662-664 - 08034 Barcelona
info@grup62.com
www.edicions62.cat

Fotocomposició: La Letra, S.L.

DIPÒSIT LEGAL: B. 11.591-2022
ISBN: 978-84-297-8046-8

Pels estimats Aleix i Bruna
i en memòria de l'enyorat Núvol.

I si estigués somiant...

TXÉKHOV,
El jardí dels cirerers

PRIMERA PART

I

Quan vam marxar definitivament de la rectoria de Tirós, on havíem mig viscut gairebé un quart de segle, no em treia del cap *El jardí dels cirerers*, la darrera *comèdia* d'Anton Txékhov. Nosaltres no érem propietaris de res, no ens havíem arruïnat a l'estranger, i, per tant, no ens angoixaven les dificultats econòmiques que a l'obra pateix l'aristòcrata Liubov Andréievna, però indubtablement a Tirós també hi deixàvem una part de la nostra vida. Marxàvem per culpa dels llops del bisbat, ja ho explicaré, però ens endúiem bons records d'aquell llarg període al poble: la il·lusió inicial, quan fèiem la reforma de la casa, els amics que hi vam trobar, les nits d'estiu al jardí, haver tingut el Núvol... Això sí: de tant en tant em venia a la memòria la pèssima impressió que m'havia fet aquell casalot quan, en entrar-hi per primera vegada, vaig constatar l'estat ruïnós dels sostres i les bigues, la humitat i la brutícia que s'acumulaven al bany i a la cuina, i la fortor insuportable de pols i de pixum de les habitacions.

Érem al cor de l'hivern i havíem aparcat a baix, a tocar de la carretera. Bufava una tramuntana dura, gèlida i antipàtica, i, pujant pels carrers empedrats i relliscosos que s'enfilen fins a l'església, el poble ens va semblar literalment mort, devastat, com si hagués patit una guerra recent i tothom n'hagués fugit. En arribar a la plaça rectangular on aleshores hi havia la botiga de queviures, només hi vam veure fantasmes i gats; els fantasmes eren a les façanes velles, brutes i escrostades de gairebé tots els edificis, i els gats, prims, decrèpits, neulats de llebrosia, ens observaven avergonyits rere les rodes dels tractors. Pels carrers del voltant hi havia una quantitat exagerada de felins arraulits en sacs llardosos i caixes de cartó; d'altres deambulaven silenciosament arran de les parets, com ànimes en pena i amb alguna menja fastigosa a la boca. Un gat negre amb els ulls encesos va treure el caparró per l'esvoranc d'una tanca, i dues gates blanques van lliscar una darrere de l'altra, com si també fossin fantasmes.

Ens havíem fixat en Tirós l'estiu anterior perquè els paratges de l'entorn enlluernaven: vinyes exultants i gairebé a punt de verema, la serra d'aire sa que ens separa de les lluminoses terres catalanes de França, el silenci vibrant, que al poble hi hagués poca gent i un bon restaurant rural... També ens van encuriosir el gran xiprer escapçat que era davant de la rectoria, l'església diminuta i el cementiri quasi romàntic i aleshores atapeït de nínxols i tombes, que anys després va ser dessacralitzat i es convertí en un mirador esplèndid. El capellà que aquell dia d'hivern ens va obrir l'antiga rectoria es deia mossèn Joan; no anava gaire abrigat, era jove, intel·ligent, discret, de pell molt blanca, i a mi em va semblar que sortia d'una novel·la de Pavese.

—Hi falta una part del teulat... —ens va advertir honestament mossèn Joan abans d'entrar a l'immoble.

I, efectivament, l'interior era una calamitat i un desconsol: sostres desmesuradament alts i en part enfonsats per les filtracions de pluja, bigues corcades, envans inútils, humitat per tot arreu, mobles vells, trencats i colgats de pols, roba bruta en alguna de les habitacions, incúria ofensiva a la cuina i al vàter, rajoles trencades i aquella pols, molta pols, mil·lennis de pols enganxosa. Calia invertir-hi força diners, en aquella casa, però en general les condicions que aleshores plantejava el bisbat eren raonables: ens oferien aproximadament vint anys de lloguer durant els quals s'aniria descomptant un preu simbòlic fins a amortitzar el capital que nosaltres invertíssim en l'obra. No hi podíem fer res ostentós, i només demanaven que ens integréssim en el poble, que no provoquéssim escàndols i féssim les obres amb els paletes i manobres locals. Tot el que proposaven ens semblava bé, i, com que aleshores vint anys eren una eternitat...

Amb dubtes, així va començar tot. Mesos d'enderrocar envans on després hi hauria la cuina diàfana i el menjador, mesos d'obrir finestrals per gaudir de la claror i la serra, mesos també per refer teulades i construir una gran vidriera que relacionés la sala amb la terrassa, des de la qual baixàvem al jardí per una escala fosca... Els projectes d'habilitació, certament modestos, també passaven per fer-hi una dutxa, per canviar completament la instal·lació elèctrica, per dotar-nos de calefacció i d'una gran estufa de llenya a la cuina. No volíem tocar res estructural, però potenciàvem al màxim els grans espais, de manera que tret de les habitacions, a la planta on viuríem no hi hauria portes. I, tal com s'havia acordat, els paletes i el manobre eren del poble.

Durant les visites de seguiment que fèiem, a més de vigilar el pressupost i de decidir els materials, els colors de les parets, les marques dels electrodomèstics, el terra que posàvem a la cuina i de quin color pintàvem les bigues, solíem anar sovint a dinar o sopar al restaurant de Tirós. Era emocionant veure que tot avançava a poc a poc i com naixia una vida nova entre aquelles quatre parets. A més d'això, va resultar que ens enteníem la mar de bé amb el mossèn: nosaltres li vam dir de seguida que no érem creients però que apreciàvem el paper social d'una part de l'Església i que teníem molt en compte els valors espirituals. Ell ens va respondre que agraïa la nostra sinceritat i que cadascú era lliure de triar el seu camí, i de seguida vam veure que sabia perfectament bé quin era el seu paper en aquella comunitat rural, i jo diria que ens vam fer amics.

La decisió de llogar aquella rectoria, la despesa que ens suposava, l'anar i venir per fer el seguiment de les obres i el projecte inconcret i a llarg termini de quedar-nos-hi a viure, ens estimulava, però també era un neguit, i de vegades jo tenia somnis estranys. En recordo un que va ser recurrent i inquietant durant una temporada: tot i que les obres encara no eren acabades, em quedava a dormir a la rectoria, i, en la quietud de la matinada, em despertava una claror blanquinosa i inestable de fluorescent antic que brunzia lleugerament i feia pampallugues. M'aixecava amb una certa aprensió, mig marejat per les fortors de pintura i dissolvent, i, en entrar a la sala, em meravellava veure una dona ja gran i abillada amb una llarga camisa de dormir immaculadament blanca, que s'asseia al sofà, i, lentament, es duia un cigar a la boca. Fumava ostensiblement, exhalava força fum, un fum blavós i dens, i després llençava despectivament el cigar a terra, i, màgicament, tornava a començar sense que jo aconseguís de veure d'on treia el tabac ni com l'encenia. Quan es cansava de fumar s'enfilava la camisa de dormir cuixes amunt i separava les cames. Jo me la mirava sense gosar de dir-li res, però no tenia por; més aviat estava sorprès, l'observava, i deduïa que aquella dona era més a casa seva que no pas jo.

En un altre somni em despertava de matinada i em sentia empès a inspeccionar obsessivament la rectoria; ho regirava tot, buidava armaris, desplaçava mobles, descobria cambres immenses que encara no havia vist, i, entre els materials dels paletes trobava objectes diversos la majoria dels quals em semblava que duien malastrugança: eren tisores obertes, pintes brutes, manyocs de cabells foscos, miralls trencats... També veia sobreeixir silencioses i contínues glopades d'aigua del pou que era al jardí, de tal manera que primer s'inundava la planta baixa de la rectoria talment fos una piscina immensa, i després tot l'edifici, però miraculosament ni una sola gota sobreeixia o s'escolava enllà de les nostres parets.

Com que Tirós era un poble petit, d'uns cent cinquanta habitants, no ens va costar gaire de conèixer els veïns: per exemple l'alcalde d'aleshores, el senyor David, que era un home gras, simpàtic, de pell rosada i bon jan. Vivia a tocar de casa, feia un vi blanc excel·lent, s'atabalava quan havia de parlar en públic, i per això mateix a la festa de la vellesa llegia amb dificultat un paper curt i ambigu en què deia que calia respectar els que tenien una certa edat per tot el que havien fet pels més joves. També hi havia el matrimoni silenciós de Cal Pons, el fill del qual de vegades feia bordar els gossos expressament fins al deliri, cosa que mai no vam entendre. I la Marga, que havia heretat la botiga de la seva mare però la va tancar al cap de poc de ser nosaltres al poble, i un dels manobres, escardalenc i nerviós, que es deia Ramon, fumava intensament i era molt aficionat al cinema; parlava amb passió de David Lean, i especialment de les pel·lícules que tenien un plantejament grandiós i èpic com ara *El puente sobre el río Kwai*, *Lawrence de Arabia*, *Doctor Zhivago*, *La hija de Ryan*, *Pasaje a la India*... Nosaltres, la Gemma i jo, sempre ens aturàvem a saludar els coneguts, i especialment la gent del restaurant i els treballadors de la cooperativa, un dels quals era l'únic del poble que parlava sistemàticament en castellà, i també ens fèiem amb un parell de residents alemanys que estaven rehabilitant una casa amb la intenció de fer-ne apartaments turístics.

El paleta amb qui havíem pactat de fer les obres es deia Santi, i a Tirós era com un líder local perquè organitzava els sopars col·lectius, parava les taules per a les quines, tenia cura del dia de la vellesa i contractava les orquestres per la festa major, amb independència de qui portés la regidoria de cultura o la comissió de joves que també treballava per la festa. Era solter, tenia temps per tot, i malgrat ser barroer en les formes, al poble era molt apreciat. El Santi també fumava desmesuradament, s'afaitava només un dia a la setmana, i, malgrat el que vam saber després, aparentment feia possible que les obres de la rectoria evolucionessin sense entrebancs.

I ens vam anar fent càrrec de com era aquella petita població arrapada a un dels turons de la serra i que en altres moments havia estat una referència pels contrabandistes de tabac, cafè, petroli, publicacions pornogràfiques i ves a saber quantes coses més. Aleshores això s'havia acabat, o es donava d'una altra manera al pas fronterer que, d'ençà d'aplicar-se les normes europees sobre duanes, depenia oficialment del turisme i de les grans superfícies comercials que s'hi instal·laven. Però hi havia altres negocis en aquella zona, especialment prostíbuls que s'anunciaven amb neons acolorits, i ningú no es queixava. A la frontera s'havia establert, doncs, una falsa normalitat que era impossible sense encobriments de tota mena, cosa que oferia una bona possibilitat literària per endinsar-se en els budells de la política. En canvi Tirós semblava una comunitat on bàsicament s'hi estaven persones jubilades amb la majoria de les quals costava d'establir-hi una mínima relació de confiança perquè, tal com ens havien advertit, el tarannà d'aquella zona era precisament així: de gent malfiada, de poc parlar, i que per no comprometre's saludaven amb un gest breu o amb un petit moviment de cap.

Gairebé al final de les obres, quan ja pujàvem al poble cada setmana, ens va sorprendre el tràfec d'obrers que hi havia: paletes, pintors, lampistes, instal·ladors d'antenes de televisió, de telefonia i d'electrodomèstics, els distribuïdors de les bombones de gas, els muntadors de l'estufa, la jardinera que havia de plantar el prunus vermellós, les moreres inicialment primes i l'olivera de plata... Era com en els assajos de les obres de teatre, quan a partir d'un moment determinat tots els que hi participen saben què han de fer i comencen a moure's pel seu compte, autònomament, i ben coordinats amb la resta. Aleshores apareixen al teatre els tècnics de llums i de so, l'escenògraf, els maquinistes, els responsables del vestuari i la perruqueria, la maquilladora, el fotògraf, la gent de premsa i de producció... Tothom té les seves responsabilitats, i, amb sort, les coses es van concretant en una calma estranya. Doncs a les obres de la rectoria també va arribar allò d'anar acabant etapes: quan es posava l'última finestra i la casa quedava tancada, quan la calefacció ja funcionava amb un petit esclat de joia general, quan el pintor feia el retoc final de les bigues negres, quan ens posaven les mosquiteres per evitar problemes durant l'estiu... I de tot això, com si no res, ja havien passat vint anys i deixàvem la casa.

Encara ara no estic segur de si em va saber greu aquest comiat. Em sembla que no, però sobre aquest tema tampoc no pensem exactament el mateix, la Gemma i jo. A mi Tirós mai no em va agradar; d'ençà del dia rúfol en què hi vam posar els peus per primera vegada, sempre m'ha semblat un indret esquerp pel qual ningú no sentia cap afecte. Els primers temps de ser-hi no hi havia ni enllumenat públic, i, de nit, els carrers costeruts semblaven una gola de llop; no hi havia cap altre servei tret de la botiga i del restaurant; les parets seques dels accessos al poble s'estaven esmicant, les façanes de les cases ja he dit que testimoniaven una guerra ferotge i perduda; el cementiri adossat a l'església era massa evident, i arreu hi havia gossos i gats que malvivien al carrer. Això era Tirós.

Jo hi he passat molt més temps que no pas la Gemma, al poble, i els primers anys m'hi estava sol ben bé mitja setmana mentre ella treballava a Barcelona. De fet, segons com tingués els horaris de les classes, em podia estar força dies treballant a Tirós. La casa ens havia quedat bé, i, prescindint del que he dit, m'agradaven la pau i la calma que s'hi respirava tant a l'hivern com a l'estiu. Quan feia fred sortia poc, anava el més just a la botiga de la plaça dels gats i dinava sovint al restaurant, la mestressa del qual també els primers temps era una senyora grassa i geniüda que semblava servir-te de mala gana; es deia Rita, i el seu marit, l'Esteve, s'estava sempre darrere de la barra sense dir res. Però s'hi menjava bé, a un preu més que acceptable, i també era una manera de deixar-me veure i de parlar amb algú, encara que fossin únicament quatre mots. Els hiverns, els dies eren curts de claror i llarguíssims de feina, eterns, i les hores passaven lentament, i quan ja havia escrit i llegit tot el que em calia, no sabia què fer. Llavors m'escapava una estona a caminar pel poble veí, on hi havia una mica més de vida, o saltava a França pel coll de la Serra i passava unes hores a Perpinyà o a Ceret, on es respirava tot un altre ambient, amb restaurants agradables, galeries d'art, llibreries, botigues de moda, cafès amb grans terrasses plenes de gent encara que fes fred...

Si no sortia, a primera hora del matí baixava al jardí, quan la gespa encara era molla. Hi havíem plantat dues moreres raquítiques que semblaven tretes d'una obra de Beckett, i, si bufava la insuportable tramuntana, tan mitificada a la literatura del país, la sentia udolar i veia aquells arbres del jardí i els de la serra del davant vinclar-se i agitar-se com si haguessin enfollit. Era un jardí que nosaltres en dèiem a la Txékhov, amb una glorieta metàl·lica i tot, però amb una atmosfera més aviat de l'irlandès Beckett, especialment pels arbres escanyolits que he dit.

Així que es feia fosc, quan estava sol a la rectoria em començava a imaginar situacions inquietants: per exemple em veia de nit caminant pel carrer Estret, que va de casa a la plaça Nova, fins que de sobte un embat de tramuntana m'enlairava impetuosament per damunt de les teulades, i, en la foscor, levitant i aprenent a volar, intuïa les finestres daurades i el fum blanquinós de les xemeneies de tot el poble. De matinada em despertaven els cruixits de les bigues noves, i, tot i identificar perfectament què eren aquelles gemegors, del llit estant m'imaginava els difunts del cementiri del costat xerrant... A causa de les pampallugues d'un fluorescent, també imaginat, em llevava, i llavors la vella que estava asseguda al sofà m'ensenyava les cuixes tot alçant-se la camisa de dormir immaculada.

En la quietud de l'hivern i en un poble remot i de gent gran, podia treballar moltes hores, però ningú no es passa el dia sencer escrivint. De manera que de tant en tant, a primera hora del matí m'arribava a alguna cala propera i escoltava en silenci la remor de les onades i admirava els colors del mar, que oscil·laven entre el verd, el gris i el blau. Era agradable notar al cos la tebior del sol d'hivern, i després, al port esportiu, observava el bressoleig de les barques i mirava de precisar el sentit del que feien les persones que hi feinejaven: un home vell i de cabells blancs pouava aigua del mar amb una galleda i la llançava a la coberta del veler; una noia jove i rossa baixava precipitadament al camarot i reapareixia de seguida a coberta sense cap justificació; una dona grassa es passava els dits pels cabells aparentment per eixugar-se'ls, i, més enllà, un nen s'ajupia per acaronar un gos blanc.

De tant en tant necessitava sortir de l'antiga rectoria, que era gran, inacabable, de dos nivells, i a la qual, com que el poble feia pendent, podies accedir per la part de baix o pel pis, que era on habitualment ens estàvem. Des d'aquesta planta, amb els grans finestrals que hi havíem obert, de dia vèiem les vinyes i la serra al fons, que ens separava dels camins que duien a l'antic monestir de Sant Jaume del Port, una veritable ruïna sense interès i a punt d'esmicolar-se que els ingenus i optimistes reculaven fins a l'època de Carlemany. Des de la terrassa de l'altra banda vèiem l'església-fortalesa i el carreró que baixa fins al riu i la carretera. A la planta, on tradicionalment s'hi tenia el bestiar, no hi havíem fet res, de manera que era un espai ignot amb presències i sons inquietants.

També he dit que a Tirós hi havia força gossos, en part perquè era un poble de caçadors, però ara voldria recordar un quisso menut i ben especial: el Bus. El Bus era un gosset que va aparèixer misteriosament a la parada del cotxe de línia, i precisament per això duia aquest nom de Bus. La gent deia: «L'han trobat a la parada del bus, l'hi ha deixat algú que anava amb el bus, sort que no l'ha atropellat el bus...», i li va quedar Bus.

Era evident que l'havien abandonat a contracor perquè l'animaló era en una capsa, amb un grapat de diaris arrugats per tal que no passés fred. Algú del poble se'l va afillar, el va tenir a casa durant un temps, li va donar menjar i beure i li va posar el nom de Bus. Però ben aviat aquell cadell de color torrat i blanc, amb orelles llargues i cara rodona, que semblava una mena de Cavalier King d'aspecte simpàtic, eixerit i seriós, va esdevenir la mascota del poble. Tothom se l'estimava, mai no li faltava res, entrava i sortia d'on li venia de gust, tenia menjar i beguda, i de tant en tant algú el duia al veterinari i el vacunaven i el rentaven.

Amb el temps es va començar a dir que el Bus era el xèrif del poble, i, de fet, s'hi movia com si tot Tirós fos seu i ell n'hagués de tenir, efectivament, un cert control. Tan aviat el veies a les vinyes de baix com a la plaça Nova o bé a la cooperativa vinícola, i també a la *seva* parada de l'autobús. Que anés tan sovint a aquest punt de referència resultava emotiu, però en realitat més que aturar-s'hi el que feia era passar-hi amb molta dignitat. La ronda que feia habitualment pel poble era anar a la masia de la Vinya

Gran, on vivien uns amics, passar el pont i pujar pels carrers que s'enfilen cap a l'església; del pati de l'Ajuntament, on entrava com si fos una autoritat, anava al carrer Estret i a la plaça Nova, i tornava a la parada del bus; després passava per la cooperativa i agafava el camí que duia a les vinyes de baix. Aquest era el seu territori, i semblava talment que l'inspeccionés.

Del Bus mai no es va saber cap entrebanc important, i, certament, feia patxoca que s'hagués adaptat tan bé a la vida de Tirós. Hi estava completament integrat, i ningú no semblava pertànyer tan plenament al poble com ell. Quan més endavant la Sílvia va obrir la botiga nova al carrer Estret, era habitual veure el Bus assegut a l'entrada, com si vigilés la clientela, i els diumenges al matí es personava a la plaça de l'església a l'hora de la missa, i fins i tot mossèn Joan el saludava. La Quimeta el deixava dormir sota cobert al seu hort, el Nando de la Cooperativa també li donava tota mena de facilitats per entrar i sortir, el Santi paleta li tenia moltes consideracions, com si compartissin el lideratge del poble, i la senyora Lola i el Carles el deixaven entrar a la plaça on es feia el ball de la festa major, que era on ells vivien.

Però hi ha una altra cosa interessant del Bus: com que era tan lliure i tan particular, amb el temps va resultar que s'aparellava pràcticament amb totes les gosses del poble i, per tant, de mica en mica, Tirós s'anava omplint de petits gossets que se li assemblaven: pelatges torrats amb clapes blanques, caretes rodones, orelles caigudes... Eren fills i filles del xèrif, del pare Bus, que mai no va canviar ni un mil·límetre el seu capteniment: estar bé amb tothom, moure's com si el poble fos responsabilitat seva, evitar els embolics i no renunciar a aquella autoritat difusa de què gaudia.

Naturalment, al poble hi havia molts altres gossos; deixant de banda els que acompanyaven els caçadors, que a mi sempre em van semblar injustament explotats i que sovint passaven hores en unes gàbies-remolcs brutes i sòrdides, ara recordo el rottweiler inquiet i fosc que s'estava en un jardí del carrer Estret i que bordava de manera amenaçadora, el bòxer de color xocolata que el senyor Miquel duia a passejar cada dia amb tota la calma i els pomerània petits i nerviosos que vivien a casa del Francesc, carnisser de Farguells. Però de gats n'hi havia més, molts més, i se la campaven per on volien.

2

Va passar temps, força temps, anys, i un dia d'estiu, quan ja estàvem molt integrats a Tirós, una veïna del poble, la Marta, ens va dir:

—Que potser voleu un gat? En tinc una bona colla de preciosos i no sé què fer-ne. Si no els vol ningú els hauré de matar.

Ingènuament, i sense pensar-ho, li vam respondre que sí, i aquella mateixa tarda vam anar il·lusionats a conèixer la gata, que semblava una gran reina blanca envoltada dels seus gatons, gairebé tots de pelatge clar. Com és lògic, els marruixos no paraven quiets ni deixaven la mare tranquil·la: li grimpaven dificultosament pel llom, frisaven per mamar, i també n'hi havia que jugaven entre ells i feien com si es barallessin. Nosaltres, la Gemma i jo, ens vam enamorar d'un moixet que era arraulit en un racó. Ens mirava amb uns ulls blaus esbatanats, com si ens estigués dient: soc jo, trieu-me a mi. I sí, era ell, i la Gemma va proposar que li diguéssim Núvol perquè era com una boleta de cotó clar, com un núvol preciós que havia aparegut a la nostra vida.

Ens el vam endur a casa i va començar una història tendra, amb moments de tota mena, etapes meravelloses i plàcides que ens van enriquir profundament, i alguns períodes durs i amb neguits i dubtes que no s'acabaven mai i semblaven insuportables. Però en conjunt tot allò va esdevenir inoblidable i no hi ha dubte que el Núvol ens l'hem estimat com un membre més de la família. Jo mai no havia ni sospitat que fos possible de dir una cosa així d'un gat, i en canvi ara em deleixo per explicar l'enorme transcendència que va tenir aprendre a conèixer aquest ésser profundament noble i generós, independent en tots els sentits de la paraula, adorable, silenciós, subtil i intel·ligent que va viure dotze anys amb nosaltres.

Com que ni la Gemma ni jo teníem cap experiència de cuidar animals, el primer dia en arribar a casa vam deixar curosament el Núvol al terra de la terrassa, davant d'un platet amb llet. Se'l veia esporuguit i diminut, com un esquitx blanc amb el caparró una mica més fosc on destacaven el musell negre, brillant, i els ulls immensos i blaus i que encara ara veiem quan mirem al cel. I ens vam adonar que ell també ens observava, amb desconfiança i sense ni gosar de moure's.

—És que no ens coneix —va dir la Gemma, i tenia raó.

Al cap d'una estona, el Núvol va començar a passar la llengua rosada pel plat on hi havia la llet i nosaltres, ingenus, vam creure que tot menjant deixaria de pensar en la seva mare, de qui l'havíem separat. Però ens equivocàvem, perquè de sobte va començar a tremolar i a tenir unes arcades i uns vòmits que ens van esporuguir. Es veu que aquella llet no li convenia, que era massa forta, i nosaltres, que no ho sabíem, estàvem angoixats i el vam entrar a casa amb por que li passés res. Poc després, ja més tranquil, va semblar que s'adormia al sofà, damunt d'un gran coixí flonjo que va passar a ser definitivament seu.

L'endemà el vam dur al veterinari per a les vacunes i per saber què li havia passat. Ens va dir que estava sa, que havia vomitat perquè als gats no els és fàcil acostumar-se a una casa nova i a unes persones que no han vist mai, però que no patíssim. I ens va recomanar una llet especial per als gatets menuts com ell, i el millor pinso que tenien. També li vam comprar una gran caixa de sorra perquè hi fes les seves necessitats, atuells per a l'aigua i per al menjar i un pal amb cordes gruixudes on es podia esmolar les ungles tant com volgués. I li vam dur igualment pernil dolç, que a partir d'aleshores va resultar ser un requisit que el tornava boig i que es menjava amb fal·lera i tot.

A poc a poc, dia a dia, es va anar adaptant a casa. Sortia a la terrassa, jugava a empènyer una pilota vermella, ens mirava, miolava un moment quan volia entrar a casa, menjava bé, feia ús del seu particular lavabo de sorra, i, com que els gats són tan nets, en aquest sentit mai no vam tenir problemes. Els vespres s'instal·lava al seu gran coixí esponjós i semblava que mirés la tele amb nosaltres, o més aviat semblava que ell ens deixés seure al seu costat ja que, indubtablement, començava a ser el rei de la casa. I, enduts per la il·lusió i la novetat, comentàvem:

—Sembla que ara està bé, oi?

Més endavant ja ens seguia per tot arreu i baixava al jardí amb nosaltres, però feia patir perquè li costava saltar d'un graó a l'altre. Quan érem a baix, inspeccionava curosament els cactus, els troncs dels arbres i les bardisses, i, de sobte s'aturava en sec, se'ns quedava mirant i es rebolcava per la gespa. Era evident que estava més tranquil que els primers dies, i vam veure que li agradava especialment gratar el tronc de l'olivera i jeure a l'ombra fresca de sota la parra. També encalçava ingènuament els ocells o les papallones quan alçaven el vol, i aviat va aprendre a enfilar-se a les cadires fent un saltiró d'allò més precís. D'altra banda, a nosaltres ja no ens feia tanta por deixar-lo sol quan havíem de sortir a comprar o quan anàvem a la platja. Però tot conduint sempre ens demanàvem què deu fer el Núvol?, i dèiem que era una pena no poder-lo telefonar, o comentàvem que estava prim, que potser ja no tenia el pèl tan clar com quan va venir a viure amb nosaltres, que havia crescut, o que no creixia prou...

Era una joguina i una responsabilitat, una sorpresa de la qual cada dia apreníem alguna cosa nova. I aquesta badoqueria, que ens feia gràcia de sentir, no impedia que constatéssim determinats canvis reals del Núvol que, efectivament, evolucionava amb rapidesa. Per exemple, va aprendre que de les cadires podia passar a l'ample ampit de la terrassa que donava al carrer, on s'estava hores xafardejant. Com que era l'estiu i al poble hi havia alguns forasters fent turisme rural, i criatures sense escola que corrien amunt i avall, ell es distreia saludant-los amb un lleuger miol. I a les tardes feia el mateix amb les iaies i els avis que pujaven treballosament pels carrers empedrats per anar al casal; els vespres, si sopàvem a la terrassa, sols o amb alguns amics, ell es quedava en aquell racó des del qual tenia el control de la plaça de l'església i del carrer que duia al riu, als horts i a les vinyes.

Estàvem escantats amb el Núvol, i, mig de broma, dèiem sovint que era un bon noi, que havíem tingut sort triant-lo a ell o que ell ens triés a nosaltres... Sabíem que era un gató, però de seguida el vam sentir com un igual i crèiem que ell pensava el mateix. Quan baixàvem al jardí, ja he dit que ho olorava tot minuciosament, que corria esperitat per la gespa, que gratava els troncs dels arbres i es mirava la paret seca com si s'hi volgués enfilar. A les tardes feia llargues migdiades en una butaca de vímet i després, de la terrassa estant, inspeccionava novament els carrers, i si li fèiem una carícia ens acostava el musell fosc, humit i fresc i miolava lleument. Tot i tenir el jaç que li havíem comprat, de nit dormia al nostre llit, però mai no va fer cap malesa en el sentit d'esgarrapar els mobles o fer-nos malbé la roba, i, si tenia ganes d'esmolar-se les ungles, ho feia al pal amb cordes que li havíem comprat precisament per a això, o als troncs dels arbres.

També ens agradava observar-lo quan s'estirava treballosament, tant com podia; després sacsejava el cap amb vivesa dues o tres vegades i es llepava les potes del davant fins que, un cop humitejades, se les passava pels ulls i per les orelles per rentar-se. De fet, es netejava el cos meticulosament i a consciència amb la llengua, orientava les orelles fosques per sentir-nos millor, girava el cap quan dèiem el seu nom, feia petits roncs de satisfacció o miolava per respondre'ns, cobria curosament de terra les seves defecacions...

—És evident que ens hem enamorat del Núvol —dèiem.

D'alguna manera era veritat que tot girava al seu voltant i que sentíem una certa fascinació per aquell ésser menut que havia entrar a les nostres vides. I jo, sense ni gosar de dir-ho a la Gemma perquè no em prengués per boig, ben aviat vaig començar a tenir la pertorbadora sensació que el Núvol i jo parlàvem. De primer em deia que eren imaginacions meves, que no podia ser, però quan em disposava a baixar al jardí i li preguntava Núvol, vols venir?, ell m'entenia, feia un miol, saltava de seguida a terra i es posava al meu costat. Si l'acariciava i li deia que estava content de tenir-lo a casa, ell em contestava amb un marrameu diferent i em mirava o em llepava la mà. Però també podia ser a l'inrevés, també podia ser que ell es posés davant de la vidriera de la terrassa i fes dos meu-meu seguits, cosa que volia dir que tenia ganes de sortir i que li obrís la porta.

Pel que fa als canvis físics, el Núvol continuava sent menut, però estava una mica més gras; el pelatge semblava de color os i li començava a aparèixer una gran clapa fosca a la cara, talment portés una màscara que el feia elegant. Ja sé que tots els gats siamesos s'assemblen i que res del que explico és excepcional, però d'una banda cada gat i cada persona té característiques pròpies, i de l'altra el que intento mostrar és l'estima que sentíem pel Núvol, tot i ser un moix força comú.

Algun vespre es posava a la falda de la Gemma, o reposava el cap a la meva cama, i, quan sopàvem, ell també se n'anava a menjar, cosa que sempre feia lentament, amb parsimònia, i després es passava curosament la llengua pel musell. Procuràvem comprar-li pinso de gustos variats i de bona qualitat: de pollastre, de conill, de salmó, de xai o únicament vegetal. En despertar-se feia aquells estiraments del cos i després rondava per la rectoria com si la volgués inspeccionar una altra vegada a fons.

El que encara no fèiem era deixar-lo sortir al carrer. Temíem que se'ns escapés o que tingués un accident. Al poble se sabia que molts gats joves se sentien inexplicablement atrets per la carretera, on solien morir atropellats pels cotxes que hi passaven a tota hora anant a França o venint-ne. D'altra banda, també ens dèiem que no podíem tenir el Núvol sempre tancat a casa o al jardí i que, tal com feien els altres gats del poble, un dia o altre se'ns escaparia. I aquestes reflexions ens van dur a plantejar-nos el següent: el Núvol havia arribat a casa a començaments d'estiu, les setmanes passaven ràpidament, de manera que aviat caldria decidir si a la tardor el dúiem a Barcelona amb nosaltres o es quedava sol a la casa del poble, amb menjar i aigua per a tota la setmana i vigilat de tant en tant per l'Aurora, que li faria de mainadera. La gent del poble que hi entenien ens deien que es podia quedar sol de sobres, que els gats no convenia de moure'ls gaire, que es cansen d'anar amunt i avall, que són territorials i que, per tant, per a ells és més important la casa que no pas els amos, que si passava la setmana amb nosaltres al pis de Barcelona tampoc no podria sortir al carrer i també es quedaria moltes hores sol, i que a més s'hauria d'acostumar a uns espais diferents. La veritat és que no sabíem què decidir i esperàvem, i mentre esperàvem tot anava de pressa perquè aquell primer estiu va ser vertiginós.

Un dia ens vam adonar que s'enfilava a les cadires com si res; també saltava directament a l'ampit de la terrassa, baixava ràpidament les escales que duien al jardí, i el més important de tot era que s'havia adaptat a viure amb nosaltres i que ens coneixia. Ens havíem compenetrat tant que alguna vegada, quan érem al jardí, jugàvem amb ell a fet i amagar. Fa una mica de vergonya dir-ho, però la Gemma o jo simulàvem que no vèiem el Núvol, i, tal com se sol fer amb les criatures, dèiem en veu alta:

—On és el Núvol?

I ell, conscient que allò era un joc, s'arraulia darrere del tronc d'una de les moreres, fent veure que s'amagava i mirant-nos fixament. Però aleshores aquells arbres eren primatxons, els havíem plantat no feia gaire, de manera que vèiem el Núvol perfectament, i, de sobte, també fent comèdia, dèiem:

—Oh!, ja el veig, és aquí!...

I ell venia d'un salt fins on érem i se'ns refregava a les cames, feliç, juganer, i ens mossegava de broma les sandàlies i els dits dels peus, o bé corria fins a la prunera i es posava igualment darrere del tronc per continuar jugant. Quan teníem gent a casa —tant si eren coneguts del poble com si eren amics de fora— el Núvol mai no es feia estrany, i tothom deia que era un gat preciós, manyac i bon minyó. Si sopàvem a la gran cuina de casa, ell s'asseia en una butaca que s'havia aparroquiat —en què la Gemma va posar un altre coixí flonjo per tal que hi estigués còmode—, i si érem a la terrassa es quedava en aquell racó de l'ampit des d'on dominava la petita plaça de l'església i el carreró que baixava envitricollat fins al riu, la carretera i les vinyes.

3

A finals d'aquell estiu havíem de tornar a Barcelona, i, inevitablement, vam haver de decidir què fèiem amb el Núvol. Dubtàvem: d'una banda ens trencava el cor deixar-lo a la planta baixa de la casa de Tirós, on tanmateix sabíem que estaria completament a recer de les pluges i, si feia bon temps, podia pujar a la terrassa, on tant li agradava d'estar. Tancaríem la porta del jardí perquè ens feia por que s'escapés de casa, però havíem parlat amb l'Aurora i s'avenia a passar cada dos dies a veure'l, a posar-li aigua fresca i el menjar que necessités. També li vam preparar un jaç ample, còmode, i tenia aigua a tres llocs per si abocava alguns dels cossis, i aquell pal amb la corda gruixada per gratar, i un terrer nou per a la caca, que era més gran que l'anterior. Ens dèiem que si el deixàvem a dintre casa segurament estaria més còmode i podria triar on dormia, però que no tindria accés a la terrassa, des de la qual mai no havia intentat saltar. Ja es veu, doncs, com se'ns feia de difícil la idea de deixar-lo a la rectoria durant cinc dies a la setmana; cinc dies que a mi em semblaven una eternitat i durant els quals, per molt que hi anés l'Aurora, era evident que podien passar mil coses.

Tot i els dubtes, després de consultar-ho amb diverses

persones del poble, vam decidir que l'opció més raonable era que el Núvol es quedés a Tirós. Sabíem que la majoria de gats del poble vivien al carrer i s'espavilaven com podien, però també és veritat que aleshores ignoràvem coses tan estremidores com ara que molts estaven malalts i que tenien accidents. La gent de Tirós, que estaven acostumats a tractar amb animals, acabaven dient que en realitat hi havia massa gats i que algun dia s'hauria de fer una bona batuda. Era veritat que des del primer dia de ser al poble vèiem gats per tot arreu, a les teulades, a la plaça on hi havia la botiga, a la placeta de l'església, a la plaça Nova, al pont, al pati de l'Ajuntament... Però nosaltres no havíem pensat mai en aquestes coses, i tampoc no vèiem el Núvol ben bé com un gat.

—És que vosaltres teniu una mascota —ens va comentar l'Esther, que gestionava una farmàcia a Farguells i era una senyora molt responsable.

De fet, podria posar uns quants exemples d'això que dic, ja que el Núvol no únicament ens coneixia, sinó que s'esforçava a comunicar-se amb nosaltres. També experimentava canvis d'humor, i tant podia estar mandrós com no parar quiet, demanar carícies o bé girar cua si el volíem tocar. Per tant, deduíem que havíem establert una bona relació amb aquell ésser afable i bo, i li teníem afecte perquè de mica en mica li descobríem una gran sensibilitat. El seu món era la cuina, la sala, les habitacions, la terrassa, la planta baixa i el jardí de la rectoria; a l'hora de la migdiada se solia posar als peus del nostre llit o bé es quedava al sofà de la sala; a mitja tarda era al sofà del que en dèiem la biblioteca, i, quan jo treballava a l'estudi que m'havia preparat a Tirós, el Núvol també tenia una butaca còmoda des de la qual em veia teclejar l'ordinador.

No sabíem què fer, però finalment ens vam decantar pel que la majoria de persones consideraven que era el millor per a ell: que es quedés a la planta baixa. I, gairebé en acabar de decidir això, i com una revelació, com una gnosi perfecta, ens vam adonar que féssim el que féssim, el trobaríem a faltar i ens sentiríem culpables. I de seguida, inexorablement, va arribar el primer període de cinc dies en què s'havia de quedar sol. Vam demanar a l'Aurora que, excepcionalment, l'anés a visitar l'endemà mateix per comprovar si s'adaptava bé, i ella ens va garantir que ho faria tantes vegades com li fos possible. I aquell mateix vespre, ja a Barcelona, no deixàvem de pensar en el Núvol.

—Què deu fer, ara?

—Segurament dorm —va suggerir la Gemma.

—O potser, com que fa bo, és a la terrassa.

—Sí, podria ser que sí.

Quan l'endemà al vespre vam telefonar a l'Aurora, ens va garantir que el Núvol estava bé, que s'havia posat content de veure-la perquè la coneixia gairebé tant com a nosaltres, i que no patíssim, que menjava, que bevia molta aigua, i aquell dia i els següents ens va explicar que a les tardes el Núvol s'estava a la terrassa mirant el carrer. Es veu que continuava saludant amb un miol tothom que passava, i només per això ja era popular entre la gent del poble. Deien: «El gat de la rectoria és molt simpàtic». «I, com ha crescut, el Núvol, oi?».

Aquella primera setmana en què vam estar separats no va ser gens fàcil. Enteníem els arguments que ens havien donat en el sentit que no patíssim per ell, ens tranquil·litzava saber per l'Aurora que el gat estava bé, però també intuíem que deixar-lo sol tenia més implicacions que no semblava, i ens fèiem preguntes com ara què hauríem de fer quan el Núvol fos més gran i sortís al carrer normalment, què passaria quan pogués saltar al carrer des de la terrassa, com reaccionaríem si decidia anar-se'n de la rectoria i no tornava mai més, què suposaria que desaparegués? ¿Seria just que el deixéssim sempre tancat, sense ni poder sortir a la terrassa, únicament per estar nosaltres tranquils? Hi havia algun sistema que ens permetés de construir una gatera per la qual només ell pogués entrar i sortir de casa? Era possible, certament, però resultava car i el Núvol hauria de dur un collaret que activés la portella. Però i si es treia aquest collaret? No li agradava dur res al coll, i fins i tot vam haver de renunciar a penjar-li una petita placa amb el nom, l'adreça i els telèfons.

Aquella setmana vam pensar en el Núvol a tota hora, i ens amoïnàvem amb problemes imaginats més que no pas reals. En algun moment fins i tot vam arribar a creure que havia estat un error adoptar-lo i que no estàvem preparats per viure aquella dependència del gat. Va ser una setmana dura de passar, molt dura.

Finalment, el divendres a la tarda vam pujar al poble. Al tren, inquiets, ens demanàvem si el Núvol encara ens coneixeria, què faria en veure'ns, si estaria enfadat amb nosaltres per haver-lo deixat sol durant tants dies, i com hauríem de reaccionar si ens atacava. Tot això era exagerat i ridícul, no tenia fonaments ni ens aportava res positiu, però al tren, i quan després ja anàvem amb cotxe de l'estació de Farguells fins a casa, no ens el podíem treure del cap.

—Sembla mentida que estiguem tan pendents d'un gat —ens dèiem.

Vam aparcar a la placeta de la botiga, envoltats de felins, i, pujant a peu pel carrer que duia a la rectoria, carregats amb bosses que déu-n'hi-do com pesaven, el vam veure còmodament ajagut a l'ampit de la terrassa. Ell també ens va veure, es va posar dret de seguida i va miolar alegrement per saludar-nos. Jo em vaig emocionar com un ximplet i vaig notar que el cor em bategava a mil per hora. Vaig deixar la bossa a terra i mentre el saludava amb els braços i cridava el seu nom, la Gemma somreia i es tapava la boca amb les mans.

—Veus com està bé, el Nuvolet... —em va comentar la Gemma, com si ella no s'hagués preocupat gens durant tota la setmana, i era evident que estava tan contenta com jo i que també li semblava mentida que ens reconegués.

En entrar a casa, ell tenia les potes del davant a la vidriera de la terrassa i miolava. En obrir un dels batents va entrar de seguida, el vam abraçar i ell va començar a llepar-nos la cara i les mans, i, llavors, tant a la Gemma com a mi ens van deixar els nervis i vam poder respirar alleujats perquè el Núvol estava bé.

—Menys mal... —repetia la Gemma, i li va posar un platet del pernil dolç esmicolat que tant li agradava i una mica d'aquella llet especial que el tornava boig.

Menjava i bevia amb ganes, semblava tranquil i content, i, de tant en tant, s'aturava per respirar i ens mirava. Després va girar cua i ens va demanar de baixar al jardí. Ho va fer d'una manera clara, anant fins a la vidriera, sortint a la terrassa i miolant dues vegades breument, cosa que nosaltres vam entendre de seguida. I en ser al jardí va iniciar una d'aquelles meticuloses inspeccions del territori: primer va olorar àmplies zones de la gespa, després va resseguir sigil·losament el perímetre d'heura darrere de la qual hi havia un enreixat de filferros vells, al cap d'una estona va gratar lleugerament els troncs dels arbres, i encara va rondar pel racó bac de la parra, on es va enfilar a un dels testos tot enlairant el cap com si li agradés flairar aquelles olors fresques.

Feia un dia enteranyinat, tristoi, i nosaltres ens vam asseure a la taula de marbre que era a la glorieta per mirar embadalits el Núvol. Encara no havíem decidit si en acabar-se aquell cap de setmana es tornaria a quedar sol a Tirós de dilluns a divendres; de fet ens vam plantejar l'opció de deixar oberta la porta que duia al jardí, amb la qual cosa ell es podria moure per la terrassa, la part baixa de la casa i el jardí mateix, que tant li agradava, però finalment vam descartar aquesta idea perquè hi havia el perill que altres gats més experimentats entressin a casa atrets pel menjar del Núvol i que acabessin barallant-s'hi i fent-li mal ja que, al capdavall, era un cadell gens preparat per a topades com aquesta. En tot cas, i malgrat els neguits i els dubtes, estàvem contents d'haver-lo trobat bé i de veure'l tranquil.

Cap al tard, quan érem a la sala llegint uns llibres sobre gats —perquè era evident que no en sabíem res i preníem les decisions a cegues—, es va posar a ploure amb força. El Núvol era al sofà, tranquil, replegat en ell mateix, amb el caparró a les potes del davant, i movia lleument la cua. Era un siamès típic, amb la cara fosca i els ulls blaus, però encara havia de créixer, i, per tant, se li veia el cos una mica esquifit; les orelles semblaven més grosses del normal i els bigotis, llargs i de pèls fins, ens feien molta gràcia.

Als llibres hi vam aprendre que feia com a mínim vuit mil anys que els gats vivien amb les persones; que n'hi havia de moltes races i que cadascuna tenia les seves característiques; que la majoria de gats viuen entre catorze i vint anys, i que els domèstics —que no surten al carrer o hi surten poc— tendeixen a viure una mica més. Entre tot d'altres coses que poden semblar òbvies, però moltes de les quals nosaltres no sabíem, ens vam assabentar que els felins tenen més vèrtebres que nosaltres, que són caçadors de mena i que, per tant, no ens havia d'estranyar si el Núvol tenia l'instint d'atrapar algun pobre ocell despistat que volava baix. També vam aprendre que tenen la pell laxa, sobretot al clatell, que és per on la gates mares agafen els seus gatons, que els de pelatge ros solen ser mascles, i els anomenats de pelatge carei —amb clapes negres i dues tonalitats rosses— acostumen a ser femelles, i que els que són ben blancs sordegen. I hi vam llegir que a la majoria de gats els agrada la nit, que amb poca claror hi veuen millor que nosaltres, que tenen bon olfacte i que mouen les orelles independentment l'una de l'altra...

De mica en mica anàvem aprenent com se'ls havia de tractar, les malalties que podien tenir i què era normal i què no ho era tant del seu comportament. Segons aquells llibres, i d'això ja ens n'havíem adonat, els gats tenen una gran habilitat per instal·lar-se en els indrets que els són més favorables; els estius troben els racons més frescos i els hiverns busquen escalfor, i es veu que són dormilegues, que poden arribar a fer migdiades de deu hores, i que quan són vells encara dormen més.

Tot això estava bé de saber-ho, era útil i ens interessava, però el millor era notar com entre el Núvol i nosaltres s'anaven establint unes veritables complicitats. La Gemma, per exemple, ja li feia carícies, tot i que al començament tenia certes reserves a tocar-lo. Ell rondava per casa com si fes anys que hi vivia; anava decidit a beure aigua o a menjar, usava la caixa de sorra per fer les seves necessitats, quan es cansava de ser al sofà passava a les habitacions i s'amagava a sota d'un llit. Mai no va tocar res de la cuina ni es va enfilar als fogons o a la taula on menjàvem, i, sorprenentment, tenia uns horaris ben establerts.

Ho dic perquè, cada dia, a les deu en punt de la nit, passés el que passés, tant si érem sols a casa com si hi havia gent, el Núvol saltava a terra, s'estirava del tot com si volgués desentumir primer les potes del davant i després les del darrere, i, a poc a poc, se n'anava cap a l'habitació i es posava als peus del llit. Ara bé, com ho sabia que eren les deu de la nit? Com ho feia per adaptar-se als canvis d'horari estacional? A nosaltres no ens semblava raonable pensar que el Núvol sabia mirar l'hora als rellotges de casa, però devia tenir una mena de comptador interior perquè, puntualment, sense cap mena de retard, a les deu feia el que he dit. De vegades nosaltres ens adonàvem de l'hora que era perquè ell saltava a terra, feia aquells estiraments, i es dirigia a l'habitació.

—Fixa't, ja són les deu —dèiem.

I el mateix passava els matins, perquè cada dia a les sis en punt posava les potes del davant al costat del meu coixí i, fluixet, feia quatre vegades mau-mau, mau-mau. No deia meu-meu, deia mau-mau, mau-mau, que era ben diferent. Però en canvi mai no va saber distingir si era un dia feiner o era festa, de manera que els diumenges i tot ens despertava a les sis.

Temps després, una tarda vam decidir que el Núvol sortís al carrer. S'havia adaptat bé a casa, hi estava tranquil, però volíem evitar que es convertís en un gat poruc, de pis.

—Si no s'espavila serà un gat burgès —dèiem de broma, perquè ja feia gairebé dos anys que vèiem rondar pels carrers de Tirós alguns germans del Núvol.

En aquell moment hi havia més gats que mai al poble, i eren de menes ben diverses; el blanc com la neu tenia el cos ple d'esgarrinxades; un dels negres estava extremament prim i anava molt brut; n'hi havia de grisos i de tigrats, i de rossos, a un dels quals li faltava un tros de cua; i siamesos semblants al Núvol però prims i malaltissos... Els que eren vells buscaven llocs còmodes on ajaure's, però la majoria eren joves o bé cadells, i no paraven quiets: s'empaitaven pels carrers, s'enfilaven als cotxes aparcats o a les teulades amb una agilitat extraordinària, entraven i sortien dels jardins, tenien un cau en un casalot abandonat, es tornaven bojos quan la camioneta del peix s'aturava al poble, i també se'ls veia de nit, frisosos, al darrere del restaurant que havia començat a gestionar l'Àngels amb gran encert, perquè va mantenir la qualitat del menjar i en canvi el tracte amable amb tothom no tenia res a veure amb l'etapa anterior.

Nosaltres, des del primer moment vam identificar els germans del Núvol; tots s'assemblaven, tret d'un que era més fosc de pell i que ja recordàvem haver vist quan vam recollir el Núvol a casa de la Marta. No sabíem els noms d'aquests gats, si és que en tenien, però precisament el de pelatge fosc nosaltres vam començar a anomenar-lo el Pirata perquè tenia aires de pinxo i sempre era al bell mig de les baralles.

Amb el temps, aquest Pirata es va enfosquir encara més perquè tenia el cos ple de crostes i ferides; després es va fer mal en una pota del darrere i coixejava espantosament, i més endavant va perdre un ull en una baralla i li va quedar una cara que feia por. Tot això era el que nosaltres no volíem per al Núvol, però tampoc no el volíem tenir aviciat i consentit. Havia de sortir, s'havia d'espavilar, i també dèiem sense gaire convenciment que havia de decidir si volia continuar vivint a la rectoria i veure'ns els caps de setmana, o preferia integrar-se a la colla de gats que bàsicament s'estaven al carrer.

Aquesta idea, que era únicament teòrica, derivava dels primers temps de tenir-lo a casa, de quan dèiem que quan fos un gat adult hauria de marxar i buscar-se la vida com feien pràcticament tots els gats del poble. Però aleshores no el coneixíem i entre ell i nosaltres no havien arrelat els afectes i les complicitats que aviat van ser evidents. El resum és que el Núvol havia de sortir al carrer, i recordo que aquella tarda, amb el poble ple de fulles daurades i quan començava a fresquejar, amb el cel gris i els carrers buits, vam fer la prova de deixar-lo sortir. I el vam veure baixar a poc a poc el tram d'escales fins a la placeta de l'església, olorar les parets, entrar al pati de l'Ajuntament, pujar per l'escala que duia a les oficines i al casal dels avis, i apamar la gran terrassa. Nosaltres el seguíem de lluny com dos babaus, i ell, entre atemorit i satisfet, de tant en tant es girava per comprovar que hi fóssim. Finalment, aquell primer dia de llibertat va acabar de seguida perquè el Núvol va decidir de tornar cap a casa i ens va demanar que li obríssim la porta.

Això de banda, sempre hi havia el dubte de què era millor per a ell, si dur-lo a Barcelona o que es quedés uns dies sol a Tirós i llavors, per acabar de decidir amb fonaments sobre aquest punt, vam provar les diferents alternatives: l'entràvem a la gàbia i baixàvem a Barcelona amb el tren, però es posava nerviós i miolava; si baixàvem amb cotxe era pitjor perquè conduir sentint que el Núvol gratava la gàbia sense parar era esgotador. Finalment, després de molts dubtes i provatures, i també en part perquè aquella setmana hi havia menys dies feiners, vam decidir que es quedaria sol una altra vegada, evidentment amb la supervisió de l'Aurora, que l'aniria a veure cada dos dies per comprovar si estava bé o li faltava res. I també ho vam decidir així perquè les vegades que s'havia quedat sol estava bé, content, sa, i perquè dèiem que allí tenia més espai per moure's que a Barcelona i per la terrassa a l'aire lliure on es passava hores xafardejant. Era el que dèiem, però la veritat és que mai no vam arribar a estar tranquils i no sabíem què fer.

L'Aurora, que era intel·ligent i sensible, i que estava feta a la duresa del món de pagès, ens mirava amb estranyesa i sovint ens deia que no patíssim tant, que el Núvol estava bé, i que era un gat... Nosaltres la sentíem com una amiga, sabíem que havia tingut problemes familiars greus —la malaltia d'un fill, la mort dels pares, una transacció econòmica amb les vinyes que no va sortir bé...—, i quan venia a casa ens fèiem companyia, preníem un te i parlàvem amb confiança del bé i del mal, però amb la qüestió del Núvol tant a la Gemma com a mi sempre ens quedava la recança de ser uns egoistes, de no considerar prou els neguits que tenia l'Aurora i d'estar tossudament pendents del benestar del gat...

Quan el Núvol es quedava sol a Tirós sempre repetíem que si li poguéssim telefonar seria diferent, que ens agradaria preguntar-li com estava i que ens expliqués què havia fet durant el dia. Però no li podíem telefonar, i, per molt que entenguéssim els seus miols, era impossible mantenir-hi una conversa a distància...

Una d'aquelles setmanes ens ho vam passar malament perquè jo tenia més dubtes que mai i intuïa alguna mena de desgràcia que no sabia definir; patia absurdament, i em va agafar pànic que el Núvol es posés malalt o que es quedés sense aigua i acabés saltant al carrer per desesperació... Segons la Gemma, em feia pesat amb aquest tema de l'aigua, però en realitat ella patia tant com jo i el que volia era tranquil·litzar-me, i em reiterava que els gats sempre cauen de quatre potes i que són més àgils i més espavilats que nosaltres. Durant el dia, com que treballàvem, no hi pensàvem gaire, en el Núvol, però els vespres, a casa, sempre tornava el mateix neguit:

—Si estigués aquí, assegut amb nosaltres... —deia la Gemma.

—Sí, veient les notícies de la tele —ironitzava jo, i la Gemma afegia:

—Fa gràcia quan s'està tan seriós escoltant el que hi diuen, com si ho entengués tot.

Rèiem, endreçàvem la roba i els llibres, llegíem, jo preparava les classes de l'endemà o escrivia, sopàvem, però a la sala hi havia una buidor immensa, trista, i era evident que trobàvem a faltar aquell ésser petit que ens feia tanta companyia i que, sense adonar-nos-en del tot, començava a ser una part important de la nostra vida.

—Pobret —feia jo abans d'anar a dormir—. Sol, i a les fosques...

—Hi veuen bé amb poca llum —precisava la Gemma.

—Sí, ja ho sé, però...

Naturalment ens esforçàvem a distingir els nostres neguits del que devia sentir el Núvol, però finalment sempre ens l'imaginàvem tal com dic, als baixos de la rectoria, que eren prou grans, amb l'única possibilitat de pujar a la terrassa i condemnat a baixar de nou al pis de sota, sense poder treure el cap al jardí, segurament avorrit, sense veure'ns, sense poder-nos dir res, jugant un moment amb l'Aurora quan passava per comprovar que tot estigués bé. En realitat, per a ell aquella rectoria era una presó, i érem nosaltres qui ho havíem decidit així i li imposàvem aquella vida.

I va ser aleshores quan ens va començar a rondar seriosament la idea de canviar-ho tot i que el Núvol baixés a viure amb nosaltres a Barcelona i únicament pugés a Tirós de tant en tant; ens dèiem que la gàbia que li havíem comprat per dur-lo al veterinari era ampla, que al capdavall eren menys de dues hores de tren, que s'adormiria, que coneixíem altres persones que transportaven gats i gossos amb regularitat...

Un divendres a la tarda, en pujar de nou a Tirós, ens vam trobar com sempre el Núvol a l'ampit del mur que feia d'arrambador a la terrassa. Estava atent, esperant-nos, com si sabés que més o menys a aquella hora havíem d'arribar, i, en veure'ns, es va posar dret i ens va enviar uns llargs miols entendridors. En entrar a casa i obrir la vidriera de la terrassa va començar a fregar-nos el llom per les cames i els peus, primer a mi i després a la Gemma, en una clara manifestació de reconeixement. A nosaltres ens va trencar el cor, i, a més d'acaronar-lo, emocionats, i de posar-li un platet de pernil dolç i la llet que tant li agradava, vam decidir fermament que no es quedaria mai més sol a Tirós i que era preferible que es quedés dos dies sol a Barcelona que no pas cinc al poble. Naturalment a Barcelona no tindria jardí, ni la terrassa, però així estàvem més dies junts. Segurament era una altra actitud egoista amb relació al gat, ens dèiem, però valia més això que arriscar-nos a algun incident mentre estava sol, cosa que mai no ens perdonaríem... Quan li vam comentar aquesta idea a l'Aurora va dir que li semblava bé, però va deixar anar un comentari que ens va amoïnar:

—A veure si s'hi acostuma —va dir.

4

Amb aquest canvi, la vida del Núvol va fer un tomb considerable. Ell, que havia nascut al petit poble arrapat a la serra de Blada, d'aire sa i un entorn de vinyes, de sobte es trobava vivint en un pis de Barcelona perquè nosaltres l'havíem adoptat i teníem mala consciència de deixar-lo sol a la rectoria. Naturalment, tant la Gemma com jo teníem clar que en períodes de vacances o si hi havia algunes festes seguides, ens enduríem el Núvol al poble perquè es desempallegués en el seu veritable ambient rural, però estava igualment clar que en ple hivern ens quedaríem més a ciutat ja que els delits dels primers temps per pujar al poble havien disminuït, i, segons com, desplaçar-nos amb mal temps ens començava a fer mandra. D'altra banda, escalfar la rectoria no era fàcil ni barat.

Per sort, el pis de Barcelona era espaiós i gaudia d'un bon sol als matins, i nosaltres vam fer novament tot el possible perquè al Núvol no li faltés res: vam comprar una altra caixa de sorra per a les seves necessitats, un jaç nou, els cossis per a l'aigua i per al menjar, i també el pal fermament lligat amb cordes perquè s'hi esmolés les ungles. Tot això era una despesa i una feinada en què no havíem pensat quan vam acceptar de tenir un gat, una despesa, una feinada i una responsabilitat que ens atabalava força però que ja no podíem defugir perquè el Núvol havia d'estar ben atès. Tanmateix, com que a Barcelona no teníem terrassa, ni jardí, ell no podia encalçar ocells o papallones, però en la mesura del possible vam mirar de reproduir el que tenia a Tirós, i, com que era llest, sensible i bon jan, de seguida es va adaptar a la nova situació.

Naturalment, el primer dia que es va instal·lar al pis de manera estable, el Núvol va fer el repàs de rigor a tota la casa: va olorar minuciosament el passadís, la cuina, la sala, les cambres, les llibreries, els armaris, el sofà i les butaques. I quan va semblar que ja tenia el pis ben apamat, va decidir quins eren els seus dominis, i, en primer lloc, es va instal·lar en un racó perfectament ben triat del sofà des del qual ho dominava tot: ens veia entrar si veníem de la cuina, ens veia si sortíem del dormitori, ens veia de seguida quan entràvem a l'estudi... I, pel que fa al jaç, cal dir que el vam posar als peus del nostre llit però que només el feia servir de tant en tant, ja que de nit preferia dormir entre nosaltres dos.

La gran novetat d'aquesta situació va ser el temps que ell i jo passàvem junts. A Tirós, tret de les vacances d'estiu i quan m'ho permetien els horaris de classes, hi érem únicament els caps de setmana. En canvi, des que havíem fet el canvi, ell i jo sempre estàvem junts, i, com que aquell període majoritàriament jo treballava a casa, es pot dir que el Núvol i jo no ens separàvem gairebé mai. Quan jo havia de sortir per fer alguna classe o anar a l'editorial, ell m'acompanyava fins a la porta del pis, i, amb tres o quatre miols em deia que no trigués gaire, i jo, abans de sortir, sempre li explicava què havia de fer i a quina hora tornaria. I dic això, que per segons qui pot semblar una bogeria, perquè va ser aleshores, a Barcelona, on el Núvol i jo ens vam fer veritablement amics.

Jo em passava el dia davant de l'ordinador, i ell va triar la meva butaca de llegir per fer-me companyia. La va triar i se la va apropiar, fins al punt que si alguna vegada m'hi asseia, es posava inquisitivament al meu davant i em mirava com dient que aquell lloc era seu. En canvi, quan era ell qui ocupava la butaca, s'hi estava tranquil, relaxat, i buscava la posició més còmoda per mirar-me de reüll. A estones es llepava el pelatge amb parsimònia, a consciència, i després es netejava les potes també curosament i es passava primer el canell dret i després l'esquerre per la cara i els ulls. Quan s'adormia, sempre posava el cap a les potes del davant i es podia estar hores immòbil, profundament encalmat, i després, en despertar-se, feia un badall enorme, obrint la boca exageradament, i canviava de posició.

La veritat és que per a mi era agradable no passar tantes hores sol, i, de tant en tant, em girava per dir-li alguna cosa i ell, si li venia de gust, em contestava amb un miol petit. Però també es donava el cas que jo em distreia i aleshores era el Núvol qui acabava saltant de la butaca i venia al meu costat tot fent un meeeu llarg i melangiós que en realitat era una queixa perquè feia estona que no li deia res.

—Nuvolet..., com estàs? —li responia. Li acariciava el caparró, i ell entenia de seguida que jo estava enfeinat i se n'anava a fer una volta pel pis.

Havia canviat molt, se'l veia gran, més proporcionat, i tenia el pelatge més tofut, gairebé d'adult. La cara, les cames i la cua eren més fosques que abans, i en canvi cada dia tenia els ulls més blaus i més clars, més plens de vida i més nets. De vegades, mentre jo escrivia, ell rosegava els grans de pinso o bevia aigua, i, segons com, també el sentia gratar la caixa amb la terra higiènica; després s'enfilava d'un salt a una cadira del menjador des de la qual veia l'exterior a través dels vidres. Certament no era com la terrassa de Tirós, però de la cadira estant dominava aquell pati de l'Eixample en què s'havien preservat algunes zones enjardinades, i també veia les altres galeries similars a la nostra on de tant en tant hi havia gent que netejava els vidres o que estenia roba i màrfegues que s'havien d'orejar.

Estar-me una part considerable del dia amb el Núvol em va ajudar a entendre el seu comportament. Era conciliador, i això no vol pas dir que no tingués caràcter i força geni, però ja se sap que els gats van a la seva, que són autònoms, i, segons com, pot arribar a semblar que nosaltres ens hem d'adaptar a ells. En aquest sentit el Núvol no era pas diferent: triava on li agradava de seure, tenia els seus ritmes i buscava carícies o companyia únicament quan li venia de gust. Però també es feia evident que ens tenia confiança i que el pis de Barcelona també li agradava. D'altra banda, com que durant unes setmanes no vam pujar al poble, jo mirava de distreure'l amb una pilota que en rodolar feia una mena de música, cosa que el primer dia el va espantar però que de seguida va ser una de les seves distraccions preferides. Això, jugar a futbol i parlar...

Sé que costa de creure que ell i jo parléssim; sé que sembla un deliri que li comentés a quina hora tornaria, i sé que únicament les persones que han tingut gats saben fins a quin punt et venen a rebre quan arribes a casa. Però és exactament tal com ho dic, i tot plegat no té res de misteriós: forma part de la socialització dels animals domèstics; els hem de tractar amb naturalitat i partint de la base que poc o molt ens podem comunicar; hi ha unes limitacions evidents en els contactes entre ells i nosaltres, unes fronteres, però si ens esforcem tot millora. Un exemple del que dic és el fet de jugar a futbol, perquè és absolutament cert que el Núvol i jo jugàvem a futbol amb unes pilotes petites i de colors cridaners. No recordo ben bé com va anar que comencés aquell joc, però un dia el vaig veure arraulit entre les potes d'una taula baixa, amb els ulls ben oberts i expectant, talment un porter que espera el xut d'un penal. Llavors, agafant una de les pilotes li vaig dir:

—Preparat?

I el Núvol va abaixar encara més el cap, va concentrar la mirada en la pilota de colors, i, quan jo l'hi vaig xutar cap a on ell era, de seguida es va estirar per aturar-la amb les potes del davant. Vam repetir l'operació, i al cap de ben poc ja es llançava amb un bon estil cap a una banda o cap a l'altra per aturar la pilota que li xutava suaument però amb intenció d'enganyar-lo. Quan l'agafava, me la rebotia de seguida per continuar el joc, però si li feia gol es quedava desconcertat uns segons i esperava que jo recollís la pilota per tornar a començar. Ell mai no es cansava, però si li deia que ja en tenia prou o que havíem de reposar una estona, es conformava de seguida i iniciava una d'aquelles rondes pel pis que ja he dit. Quan les feia, tot i que no era gaire d'amagar-se a sota dels llits, sí que de vegades desapareixia i nosaltres ens demanàvem on era el Núvol. I el Núvol tant podia ser al sofà petit de la galeria, com a la cadira del menjador, al jaç que li havíem comprat o bé a l'estudi de la Gemma, còmodament ajagut entre els coixins, com un maharajà, o bé dormint en un racó insospitat.

Una altra cosa que li agradava era jugar a fet i amagar tot entrant i sortint per les diferents portes que donen a la sala d'estar. Jo me n'anava per una, treia un moment el cap i el veia a punt de venir a buscar-me, però apressava el pas per fer la volta, i, en aparèixer sobtadament per l'altra porta, ell s'espantava. Llavors el Núvol intentava venir darrere meu però jo ja m'havia amagat i durant uns segons ell semblava novament desconcertat, fins que em veia...

Hi havia moments de tot: a estones ell reposava a la butaca de llegir mentre jo treballava, segons com dormia al sofà o mirava el pati interior des de la cadira del menjador; també menjava o bevia, gratava la terra per evitar les males olors, s'instal·lava al seu jaç amb el caparró damunt de les potes del davant o feia corredisses boges pel passadís que duia al bany com si es volgués desentumir; alguna vegada també venia a dir-me aquells meu-meus si feia estona que no jugàvem...

Mesos després la Gemma i jo ens demanàvem com reaccionaria el Núvol quan tornéssim a la rectoria. Li faria por agafar el tren? Recordaria la casa i la distribució dels espais de Tirós? Trobaria els cossis amb el menjar i l'aigua? Voldria sortir a la terrassa on abans del canvi tant li agradava d'estar-se? Ens demanaria per baixar al jardí tal com feia quan es posava al primer graó de l'escala i miolava? S'empassaria una altra vegada herbes del jardí per acabar vomitant, cosa que segons ens van dir era normal i saludable? No ho sabíem, i, de fet, era estrany veure'l tan adaptat al pis de Barcelona, fent aquella vida que, de broma, la Gemma i jo dèiem que era de príncep.

—Ara no és un burgès, ara és un príncep...

Fins que una nit va passar una cosa estranya. De moment tot anava normal, com sempre, i a les deu en punt va iniciar la retirada saltant del sofà i anant parsimoniosament cap a l'habitació. Es va instal·lar al seu jaç, mig endormiscat, però atent amb un ull al que nosaltres fèiem a la sala. Llegíem o vèiem una pel·lícula a la televisió, ara no ho recordo, i, en anar finalment a dormir, el Núvol es va enfilar al llit per mossegar-nos lleugerament els dits dels peus. Primer m'ho va fer a mi, i quan vaig moure les cames tot dient-li que tenia son, va passar a mossegar amb delicadesa, però insistentment, els peus de la Gemma, que estava igualment cansada i que s'havia de llevar d'hora per anar a treballar. Li vam dir que no ho fes, que ens deixés dormir, però semblava com si ell s'hagués desvetllat del tot, i, tal com és força comú en els gats, tingués ganes de jugar a aquelles hores de la nit. Alguna altra vegada s'havia desvetllat, tant a Tirós com a Barcelona, però es limitava a rondar per la casa o a fer aquelles corredisses sobtades com si empaités una volva de pols o el reflex d'una llum.

Aquella nit no, aquella nit va continuar mossegant-nos els dits dels peus amb una insistència estranya, i, a mesura que ens posàvem nerviosos, ell ens queixalava una mica més fort. Era evident que no ens volia fer mal, que només jugava, però en algun moment vam arribar a sentir els seus ullals finíssims als dits malgrat el gruix de la manta, cosa que ens impedia de descansar. Quan el foragitàvem, o quan l'amenaçàvem dient-li que el tancaríem en una habitació, ell reculava, però així que ens ajèiem tornava a començar amb les mossegadetes... Vam provar de no fer-li cas per si es cansava de torturar-nos, i, efectivament, al cap d'una estona de no moure'ns, va baixar del llit, però de seguida va saltar una altra vegada a sobre de les nostres cames amb tota la mala intenció, i va continuar la guerra.

Amb els nervis desfets i veient que allò no s'acabaria, em vaig llevar d'una revolada cridant el Núvol i maleint-li els ossos. Ell va fer un salt i va arrencar a córrer esporuguit, però en ser a la sala es va regirar, i, fent un rebuf i eriçant el pèl, em va plantar cara, alhora que arquejava ostensiblement el llom. A mi això em va acabar la paciència i vaig pensar novament que havia estat un error adoptar-lo, que era un gat de poble i que de cap de les maneres no podia viure en un pis, que aquell incident era únicament el primer avís del que podia passar, i que calia prendre mesures urgents i fer-li saber que no tot estava permès. No sé exactament què pensava ni què deia, però li parlava de pressa, atabalat, com si realment em pogués entendre, cosa que en aquell moment no era possible de cap de les maneres.

Ara sé que aquella nit la meva reacció va ser exagerada i que no hauria d'haver actuat tal com ho vaig fer, i que tampoc no era just pensar aquelles coses per un fet puntual que en si mateix no era greu, però portàvem hores amb les mossegades... El cas és que vaig agafar una de les espardenyes que jo duia a retaló i l'hi vaig llançar furiós i amb tanta mala sort, que el vaig tocar de ple, i li devia fer mal perquè es va posar a gemegar desesperadament, talment plorés i xisclés, arraulit darrere de la butaca en què passava les hores. Jo vaig separar la butaca d'una revolada, i, en veure'l atemorit, mirant-me indefens i aclofat, amb aquells ulls meravellosament clars, em vaig sentir com un gegant temible que estava a punt de pegar a aquell animaló que ens havia robat el cor i que estimàvem amb bogeria, tot i que en aquell moment m'havia fet perdre el control i em sentia disposat a tot si no ens deixava dormir. El vaig renyar amb duresa, li vaig apropar el dit a la cara tot dient-li que allò no es podia repetir mai més, que ens havia de deixar dormir, que una cosa era jugar durant el dia i una altra de diferent mossegar-nos els peus quan estàvem cansats...

Mentre li baladrejava tot això vaig començar a témer haver-li fet mal seriosament perquè ell em mirava amb espant, paralitzat, i de tant en tant gemegava com si no es pogués moure. I, de sobte, em va trontollar el món sencer mentre em passaven pel cap les desgràcies possibles, i constatava amb desesperació que no podia recular en el temps, que no podia esborrar aquell episodi, que no podia rebobinar res del que havia passat. Em deia que potser el Núvol tenia una lesió interna, que si es posava malalt a causa del cop no sabria què fer, que també era possible que s'allunyés de mi definitivament per por de ser agredit una altra vegada... Vaig mirar si tenia cap ferida; ell es deixava examinar el cos, quiet, i tornava a ser el Núvol de sempre, el que coneixíem, el que ens agradava, i li vaig demanar que em perdonés, perdona'm Núvol, li deia, perdona'm, i l'hauria volgut abraçar, però tal com estava posat no podia.

Naturalment ara sé que el meu comportament exagerat era ridícul; no es podia fer entendre a un gat en plena nit que deixés de mossegar-nos els dits dels peus, i ell tampoc no es podia fer càrrec del meu penediment per la por que aquell cop tingués conseqüències. I també és evident que de vegades ens equivoquem, que fem coses que no voldríem fer, i que sovint ens sap greu no haver aturat una determinada conducta o deixar-nos dur per pensaments i actes que no expressen allò que creiem... No ho sé, els límits de tot plegat són imprecisos, costa tenir clar què ens empeny a fer una determinada cosa i què ens decanta cap a fer-ne una altra de diferent.

Fos com fos, aquella nit finalment vam aconseguir de dormir i l'endemà tots els meus pànics semblaven haver quedat en no res, però durant dies sí que vaig sentir una lleu però amarga mala consciència per haver cridat tant, per haver llançat la sabatilla al Núvol i per haver-lo espantat d'aquella manera amb amenaces exagerades. I no deixava de dir-me que segurament ell volia ser amable amb nosaltres, que era un gat i no una persona, i que per molt que hi hagués un corrent mutu d'entesa i de simpatia, la comprensió entre els animals i nosaltres mai no era fàcil. D'alguna manera va ser com si em caigués un vel dels ulls, i vaig entendre que la meva actitud amb el Núvol era equivocada des del primer moment, que d'una petita història de poble n'havia fet un embolic d'impostures, que no calia patir tant, que tampoc no calia fer-se tantes il·lusions perquè el gat sabia perfectament que li donaríem pernil i aquella llet que tant li agradava... Era així de senzill.

5

Vam deixar enrere un altre hivern, que va ser cru, i aquella primavera i l'estiu següent van passar com una exhalació. El Núvol creixia, i el poble continuava més o menys com sempre: va morir una senyora d'edat que hi havia fet de metgessa, i, un cop jubilada s'havia quedat a viure a Tirós; hi van néixer tres criatures; el que aleshores feia d'alcalde va tenir un accident de moto i va anar un parell de mesos dificultosament amb crosses; durant l'estiu, una onada de calor va provocar diversos incendis que feien por, però els bombers els van controlar a temps; amb el nou hivern van tornar el vent i les pluges, i a mi se'm va complicar la feina per a les editorials i em van canviar els horaris de classes. I els mesos passaven de pressa, volaven com si res. Entre una cosa i l'altra, pujàvem molt menys a Tirós, i sempre era per dos dies justos, i el Núvol es quedava sol a Barcelona.

En una ocasió, quan ja feia força fred una altra vegada, i acumulant uns dies de festa al cap de setmana, vam decidir que aniríem al poble amb el Núvol per comprovar fins a quin punt es cansava del viatge i què recordava de la casa després de tant temps. I tot va anar bé. El viatge va anar bé, ja que es va adormir de seguida en pujar al tren i no es va despertar fins a Farguells. Després, en apropar-nos a Tirós amb el cotxe, vam tenir la sorpresa que el Núvol es posés a gratar la gàbia insistentment, i, a l'entrada del poble, en agafar el trencall que duu a la plaça Nova, va començar a miolar amb punya. Feia un dia rúfol, tapat, fred, lleig, però ell va percebre l'aire net i sense contaminació, i segurament també va reconèixer l'agradable perfum de llenya de les llars de foc, i, com que no li agradava estar tancat, gemegava. I en entrar a la rectoria va tenir clar de seguida que allò era casa seva. A Barcelona hi estava bé, però en obrir-li la gàbia va sortir esperitat, va fer un recorregut ràpid per la sala, va anar a olorar la terra higiènica, i va comprovar estupefacte que de moment el cossi del menjar era buit. I en acabar de fer tot això es va asseure davant de la vidriera que donava a la terrassa i al tram d'escala fosca que duia a la seva gran temptació: el jardí.

La Gemma i jo estàvem sorpresos. No únicament ho recordava tot a la perfecció, sinó que a més ens demanava de sortir a l'exterior, que segurament era el que més havia trobat a faltar. Feia gràcia veure'l contingudament impacient per sortir a la terrassa, amb la cua replegada, la boqueta closa i els bigotis eriçats per denotar que allò era absolutament prioritari, i a la Gemma la va sorprendre que en obrir només un badall de vidriera ell s'hi escapolís precipitadament. Va ensumar un moment la taula i les cadires de teca de la terrassa, i al cap de no res ja era enfilat a l'ampit des d'on atalaiava el seu petit món de carrers que baixen fins al riu, fins a les vinyes, fins als horts, fins a la carretera i els terrers boscosos que menen a la serra.

—El primer dia va vomitar aquí, a la terrassa, ho recordes? —va comentar la Gemma.

—I tant... —li vaig respondre—. Com passa el temps...

I també vam evocar amb tendresa com ens esperava les vegades que l'havíem deixat sol, i com s'havia començat a fer popular a Tirós amb el sobrenom del gat de la rectoria, pel fet de saludar amb un miol amable els avis que pujaven al casal per jugar a cartes.

Segons com, em feia l'efecte que el Núvol sempre havia viscut amb nosaltres, i, certament, gairebé sense adonar-nos-en era evident que ocupava un gran espai en la nostra vida i que havíem après mútuament a coneixe'ns força. De manera que vam donar el llum de l'escala, vam baixar a obrir-li la porta del jardí i ell hi va irrompre amb impaciència. S'hi va passar una bona estona rondant distretament, enfilant-se als testos i menjant herbes diverses, olorant-ho tot, comprovant que cada cosa era al seu lloc i que ningú no havia modificat la distribució inicial.

Més tard es va posar a ploure i ell va voler entrar. Nosaltres ja havíem encès la calefacció i l'estufa de llenya, i la casa començava a estar temperada. A tocar de l'estufa hi havia la butaca de vímet amb el gran coixí vermellós en què el Núvol es va recargolar de seguida; s'hi estava calentó i ell ens demostrava de nou que també havia triat un lloc privilegiat per a l'hivern. A més a més, donat que era a tocar de la taula on menjàvem, a les hores de dinar o sopar sempre li passaríem una gambeta, una mica de peix o un trosset de pernil del bo, i ell estaria encantat de la vida.

Aquella nit va ploure de manera constant, amb força, sorollosament, i a més de la pluja i de les antipàtiques ràfegues de vent, sentíem els inicis dels trons que es congriaven lluny i creixien tot rodolant fins que esclataven a càmera lenta damunt nostre. El Núvol es va aclofar als peus del llit, entre les nostres cames, i no va dir ni fer res fins l'endemà al matí.

En realitat tenir dues cases mai no és fàcil per ningú, i sempre hi ha un moment que no saps on tens determinades coses: el jersei vermell que crèiem a Barcelona en realitat era a Tirós, el paquet de piles per al comandament de la tele era al poble i no a Barcelona, i el mateix passava amb les sabates, la capsa de les galetes i mil detalls que no venen al cas. Eren dos mons, dues vides diferents tant per a ell com per a nosaltres, i, en gairebé un any de no pujar a Tirós, el Núvol ben bé podia haver oblidat la distribució de la rectoria. Al pis de Barcelona ja he dit que es passava hores endormiscat al sofà o anant del llit a una butaca; com a molt empaitava unes volves de pols, jugava a futbol amb mi, s'amagava sota el llit, mirava el pati interior a través de les vidrieres, o, de nit, feia aquelles corredisses sobtades pel passadís. En canvi la vida de Tirós li permetia de xafardejar els carrers de la terrassa estant, saludar la gent que passava, córrer i badar pel jardí tot olorant les plantes, els arbres, els testos, la gespa i les fulles que queien.

Tot era igual, doncs; d'alguna manera la nostra vida amb el Núvol era monòtona i reiterativa, i, tanmateix, la retrobada d'ell amb Tirós ens va demostrar que alguna cosa essencial havia canviat. Per exemple, de seguida ens vam adonar que les investigacions que feia al jardí tenien la finalitat de trobar una manera de sortir al carrer. Ja no era olorar els diferents racons per tenir-ne el control. Ara es tractava d'una altra cosa; es tractava d'escapar-se. Fins aleshores havíem estat tranquils perquè mai no havia fet cap intent de marxar. Mesos abans, en algun moment sí que havia mirat encuriosit la paret seca darrere de la qual hi havia el camí que duia als horts i a les escales que baixaven de dret al riu, però només s'ho mirava i mai no havia intentat d'enfilar-s'hi; s'entretenia olorant les flors, menjant herbes, jugant i fent corredisses que a nosaltres ens semblaven absurdes però que a ell el feien feliç i l'estimulaven...

I, finalment, aquells dies, o potser va ser unes setmanes o uns mesos més endavant, va aprendre a sortir de la rectoria per diversos procediments: un era saltant a l'altra banda de la paret seca, i l'altre consistia en arrapar-se amb les urpes al tronc del pomer bord, enfilar-s'hi i d'un bot ser a l'entrada de baix, on hi havia el xiprer escapçat. Però també es podia escapolir per uns forats de la xarxa atapeïda d'heura que s'arrapava a la filferrada antiga que delimitava el jardí, i passar gairebé directament a l'absis de l'església. I tot això era nou.

També és veritat que, quan sortia, no s'aventurava a anar gaire lluny, i que nosaltres, de casa estant, el vèiem prendre el sol a la plaça de l'església, o baixar fins a casa de l'Eva i el Mateu. Se'l reconeixia de seguida perquè era el gat de Tirós que tenia el pelatge més net i brillant, i es veia d'una hora lluny que no vivia al carrer, i que tampoc no corria de nit per les teulades. Més aviat semblava un gat de casa bona que, encuriosit, es dedicava a explorar l'entorn. I nosaltres, esclar, ens vam haver d'acostumar a aquestes escapades que de tota manera no eren gaire llargues. Només feia unes rondes per l'entorn, pujava a la secretaria de l'Ajuntament, empenyia la porta amb les potes del davant i el pes del seu cos, i es quedava mirant una estona la noia de l'oficina. Com que ja el coneixia, així que el veia entrar comentava:

—Goita, el Núvol...

Però un d'aquells matins que érem a Tirós, el Núvol va desaparèixer. Jo havia baixat al jardí i el vaig cridar pel nom. Res, silenci. De vegades ja ho feia això d'estar amagat i trigar a respondre, però aquell dia em va estranyar que no aparegués ni a la tercera vegada que el cridava. Senzillament, no hi era, i em vaig neguitejar. De nou a dalt, li vaig dir a la Gemma que el Núvol se'ns havia escapat.

—Deu ser a l'Ajuntament —va fer ella.

—No —li vaig respondre—. No el trobo enlloc.

—Deu estar amagat —va comentar.

—No —li vaig respondre, i amb un cert tremendisme vaig afegir que havia desaparegut.

—Desaparegut?... —va mormolar la Gemma, començant a témer que potser el que jo deia era veritat.

—Sí. Ha marxat.

Després de buscar-lo a consciència dues vegades més per la casa i el jardí, vam mirar pels carrers. Feia fresca, tot era moll de la pluja de la nit abans, i començàvem a estar realment amoïnats, però ens dèiem que calia tenir calma, que el Núvol tornaria, que no ens poséssim nerviosos. De tota manera el fet era nou, i, innegablement, ens va agafar de sorpresa i ens va omplir de dubtes i de pors, tot i que en un altre sentit també era la concreció d'una temença que la Gemma i jo havíem comentat en alguna ocasió: un dia el Núvol es podia escapar, marxaria, i no el veuríem mai més. I, sense verbalitzar res, intuíem que aquesta possibilitat teòrica potser ja era real, però una cosa era parlar-ne i una altra de diferent constatar que el gat no hi era, que no era al jardí, que no era a la terrassa, que no era a cap racó de casa, i que no sabíem què fer. Ens sentíem estranys, una mica sorpresos i estafats.

Vam mirar una altra vegada al pati de l'Ajuntament i al voltant de l'església; de l'absis vam baixar per les escales; el cridàvem pel nom, miràvem entre les bardisses, i res, cap resposta. A casa, quan s'amagava i nosaltres el buscàvem, finalment ens solia respondre amb un meu enjogassat, petit i breu, però aquell dia res de res. Vam anar a casa de l'Aurora, que tant l'havia cuidat, i tampoc no hi era. Segons ella, no ens havíem d'atabalar, perquè tornaria, segur que el Núvol tornaria, deia. Però després va afegir:

—És que s'ha fet gran, i ja se sap...

Volíem creure que tornaria, però això no ens tranquillitzava, i vam baixar fins al riu amb el cor encongit. Tampoc no el vam veure a l'espai enjardinat que era com un petit parc per als infants, amb dos gronxadors i un tobogan que de seguida s'havien fet vells. I aleshores em vaig començar a imaginar situacions delirants: segons això, el Núvol hauria caigut al riu i s'hi hauria ofegat, o bé havia decidit de tirar carretera enllà pels turons que duien a la Serra, s'havia perdut per les vinyes, s'havia trobat amb altres gats i l'havien malferit en una baralla, o l'havien atacat els porcs senglars que rondaven afamats... També vam baixar fins al gual i després vam anar al camp de futbol, des d'on vèiem Tirós en perspectiva, l'estesa de vinyes, el poble enfilant-se pels turons, les cases de pedra i les que eren pintades de colors, l'església, la rectoria... Del Núvol, res de res.

—No el trobarem —vaig comentar jo, abatut i sentint-me culpable del que havia passat.

En ser a can Madaula vam veure l'Elizabeth, la veïna anglesa i pèl-roja que era pintora i s'havia casat amb el Pere Madaula, propietari de vinyes. En saber que buscàvem el Núvol amb tant neguit ens va mirar veritablement sorpresa, somrient, i amb el seu català amb accent britànic ens va dir que no patíssim, que si els gats no tornen és perquè s'han independitzat, i que en aquest cas, com que no hi havia res a fer... Nosaltres li vam replicar que també hi havia gats que tenien accidents o que es perdien, i que no se'ls veia mai més.

—I persones també —va fer ella—, però el vostre gat tornarà, és un gat de casa, no deu ser gaire lluny.

Tant la Gemma com jo la sentíem però no l'escoltàvem; estàvem atabalats, i en poques hores vam escorcollar mil vegades tots els racons del poble: vam remirar pels carrers que donen a la plaça Nova, vam baixar dues vegades al riu per camins diferents, vam passar per davant d'on havien viscut la Júlia i el Jaume, una casa amb la porta i les finestres pintades de verd... En parlaré després, però diguem que la Júlia era una amiga nostra, una amiga tímida i cordial alhora, delicada i bona persona, que feia de restauradora al Museu Comarcal, i que havia mort no feia gaire, poc després que ella i el Jaume es traslladessin a una gran casa del poble veí.

Durant aquest escorcoll també vam passar per la casa on havia viscut durant anys el matrimoni anglès format pel John i la seva esposa Tina, que eren una parella típicament britànica, incapaços d'aprendre gaire més que un parell de frases en català i un mal castellà, i feia gràcia de sentir com s'entrebancaven amb totes dues llengües. Eren britànics, i, per descomptat, mai no van renunciar a determinats costums: per exemple, en ple estiu ell anava en pantalons curts i sandàlies, però duia mitjons de llana, i ella anava amb els cabells blancs recollits i sempre vestia faldilles llargues fins als peus i jerseis o bruses de colors. Ell parlava sovint d'un llibre que volia escriure però que no gosava ni començar, i ella era una subtil aquarel·lista de paisatges en format petit. Però ja no hi eren, feia poc que havien mort tots dos i la casa estava colpidorament tancada. Vam passar igualment per on vivien l'Eva i el Mateu —no recordo haver dit que ell era un exalcalde del poble i que tenia horts i parades al mercat de Farguells—, i ens vam aturar a la plaça de l'antiga botiga que sempre era plena de gats, probablement perquè encara hi ensumaven restes de menjar i es refugiaven en els baixos de la casa abandonada, i passàvem per la nova botiga que duia la Sílvia, on podies comprar de tot.

Aquell dia vam veure una colla de gats mandrejant a la plaça: hi havia cadells rossos i diminuts; mascles tigrats i prims; una gata beix i marronosa; un dels germans del Núvol, amb els mateixos colors que ell i els ulls clars, però amb el pelatge que semblava aspre i brut; una gata vella que amb prou feines s'aguantava dreta; un gat negre i llustrós d'ulls verds que feia molta impressió ajagut al sostre d'un cotxe blanc... Tots vivien, menjaven i defecaven a la plaça petita, i l'empudegaven de manera profundament desagradable; es rebolcaven pels sacs, jugaven amb papers de diaris vells, menjaven rosegons de pa i un grapat de carn fosca que algú els havia llançat, i dormien a sota dels vehicles aparcats o bé entraven i sortien sigil·losament d'aquell cau, l'interior del qual feia feredat d'imaginar. Era inconcebible que el Núvol s'hagués afegit a aquella catèrvola, però també admetíem que, en el fons, era una esperança creure que era allà dins i que no li havia passat res greu. Però no, no hi era, el Núvol no el vam veure enlloc.

Després de buscar-lo pels volts de la cooperativa, de passar una altra vegada per la plaça Nova i de pujar un bon tros per l'agradable camí de terra que duu al poble veí per les pinedes i les vinyes, vam tornar a casa. El Núvol no hi era. I aleshores sí que ens vam sentir completament abatuts i vam admetre que no sabíem què fer. La gent deia el que deia, que no patíssim, que el gat tornaria, que era un moix prudent, però nosaltres ens temíem el pitjor i ens imaginàvem les situacions més extremes, com ara que l'hagués atropellat una d'aquelles motos sorolloses i boges que destrueixen el paisatge únicament per distreure quatre brètols, que a més a més, el podien haver abandonat moribund...

També érem conscients del que podien pensar els coneguts del poble: el Núvol era un gat, un animal gens útil, ja que no serveix com els gossos per anar a caçar o de passeig, i les rates i els ratolins, si n'hi havia, ara es mataven fàcilment amb altres procediments. El cas és que mentre buscàvem el Núvol per Tirós segurament tothom ens mirava amb estranyesa i s'aguantaven el riure, i de fet nosaltres mateixos també estàvem avergonyits. Però no podíem deixar de buscar-lo, i vam passar el dia així, adonant-nos que no estàvem preparats per tenir cap animal, torturant-nos a preguntes, sense entendre per què havia marxat, demanant-nos què havíem fet malament i en què ens equivocàvem. Teníem tanta cura del Núvol com podíem, miràvem que no li faltés res, li compràvem el millor menjar i aquella llet que li agradava amb bogeria... Estàvem nerviosos, i no enteníem res.

6

Aquell dia la Gemma i jo ens vam dir que si li havia passat res al Núvol no era pas per culpa nostra, que haver-nos equivocat acollint-lo no es podia considerar una culpa, que ens havíem esforçat més enllà del raonable per adaptar-nos a les seves necessitats... I després reiteràvem que era un gat, només un gat, que probablement nosaltres hi projectàvem sentiments contradictoris, que tot plegat era un despropòsit, i, malgrat entendre que havíem d'aturar tan aviat com fos possible aquell desassossec, el cert era que no sabíem com fer-ho. I baixàvem una altra vegada al pati per veure si hi era, i a l'hora de dinar no podíem engolir res.

—El Núvol ha marxat —li reiterava a la Gemma.

A la tarda vam sortir al carrer un parell de vegades més i vam saludar aquell veí de qui ara no recordo el nom i que sempre voltava pel poble mal afaitat, caminant de pressa, amb energia, i ens saludava com de passada, esperitat. Vam veure igualment la mare de l'Àngels del restaurant, que només ens va dedicar una mirada fugaç i un gest breu, com si ens tingués mania. A prop del casal ens van trobar l'Estevet, que aquell dia traginava fòtils del garatge de casa seva al cotxe, i vam parlar un moment del temps que feia, de les dues visites que havia fet recentment a l'hospital per problemes d'esquena... Vam veure sortir la camioneta vermella de l'alcalde David, i més tard va marxar la nova doctora, que era una noia molt jove i sense experiència, però decidida a fer-ho bé. Ja tard, quan érem al llit, vam sentir els joves de sempre assajant les sorolloses peces de rock de sempre que tocarien durant la propera festa major, que encara quedava lluny... A estones em desesperava; no el tornaríem a veure mai més, tampoc no sabríem què li havia passat ni si era viu... Però segons com també em deia que el Núvol tornaria, que no podia desaparèixer misteriosament, que potser estava malalt per haver menjat una mica d'aquella carn ennegrida que havíem vist a la plaça i que no hauria d'haver tastat mai a la vida, que potser, senzillament, s'havia cansat d'aquella vida que feia a Barcelona i pujant només de tant en tant al poble...

A mesura que passaven les hores es feia cada vegada més evident que es concretava la meva remota premonició que passaria alguna cosa greu, i, per tant, que el Núvol hagués desaparegut era el primer episodi d'una negra dissort que planava damunt nostre. I vaig reviure aquella nit en què el Núvol no deixava de queixalar-nos els peus, el temor d'haver-li fet mal amb la sabatilla i el pànic exagerat per si allò tenia conseqüències. El recordava esglaiat darrere de la butaca quan el renyava com si jo fos un déu gegantí i despietat, o una nit de tempesta en què l'univers s'esberlava sorollosament amb trons terribles i llampecs enlluernadors i ell estava esporuguit Però jo no podia fer res més que esperar i negar fins on fos possible aquella ridícula veu interior que em culpava de no sé quines coses que no era conscient d'haver fet.

És veritat que a la rectoria es notava una buidor immensa. També ho és que ens estimàvem aquell ésser bondadós d'ulls clars que havia entrat a la nostra vida i que havíem vist créixer i acostar-se'ns. Ens l'estimàvem amb bogeria i, encara que semblés impossible, érem amics, ens teníem un tracte de confiança, ens comunicàvem, em feia companyia quan jo treballava, la Gemma i jo procuràvem que no li faltés res... Però havia marxat, i, de sobte, els cossis de menjar i el de l'aigua del Núvol semblaven absurds, i tot el que ens hi feia pensar era colpidorament anguniós.

—Què farem si el Núvol no torna? —va plantejar finalment la Gemma amb cruesa.

Era la primera vegada que aquesta possibilitat es formulava en veu alta i tan clarament, i no li vaig respondre perquè tenia un nus al coll i em dominava una temença imprecisa que fins i tot ara em costa d'evocar; una temença que es nodria dels retrets de sempre: em sabia greu haver-lo dut de nou al poble; hauríem d'haver previst que se n'aniria; les parets seques que ell es mirava havien de ser més altes; ens havíem refiat massa quan només sortia a fer un tomb i tornava de seguida... Finalment vaig comentar que si el Núvol no apareixia hauríem de dur aquella culpa de la millor manera possible ja que, per ignorància, no havíem considerat que era un gat adult amb ganes de viure al carrer i a les teulades, com els seus germans, batallant cada dia amb el clima i les dificultats de trobar menjar, aigua neta i un recer segur per descansar.

I no em sap greu admetre que tot això que em passava pel cap tenia un punt de còmic, que era exagerat i ridícul, una impostura de consolació masoquista, però derivava de l'aterridora possibilitat real d'un atropellament, d'un accident al revolt d'entrada al poble, on no feia gaire s'havia produït una altra topada entre dos vehicles i on cada mes havien de recollir-hi animals morts.

Aquell vespre encara vam tornar a sortir. Teníem el convenciment que era inútil, però com que a Tirós havien instal·lat feia temps un tènue i agradable enllumenat públic i podíem baixar passejant fins al riu... Hi vam anar a poc a poc, en silenci, buscant el Núvol, angoixats però sense cridar-lo, perquè ja he dit que ens feia vergonya que algú ens sentís.

Anys enrere, quan acabàvem de llogar la rectoria i mentre hi fèiem les obres, de nit els carrers eren un univers negre on no s'aventurava ningú. I l'enllumenat ens va dur a recordar algunes anècdotes que ens havien explicat els coneguts del poble i que aquella nit comentàvem amb la Gemma, parlant-ne baixet. Per exemple, no teníem clar on havia estat la caserna de la Guàrdia Civil. També ens vam referir a mossèn Fidel que vivia a la rectoria amb la seva minyona, i als contrabandistes de què ja he parlat, a la senyora que vivia sola i tenia fama de bruixa, i a l'antiga propietària del restaurant, la senyora Rita, que tenia mal caràcter, increpava els clients i segons com es negava a servir algú perquè no li queia bé. Vam parlar del darrer mestre de l'escola, el senyor Centelles, que encara era viu i que de tant en tant visitava el poble trasbalsat d'emoció... I ens vam referir a l'Aurora, que era més forta que nosaltres, però que també patia pel fill, pels sogres i pel marit, el Ramon, perquè sempre que podia se n'anava al cinema... Segons com, aquell poble que d'entrada la Gemma havia trobat idíl·lic, a mi em semblava un àmbit de patiment constant: hi havia pluges torrencials i inundacions, incendis, persones que emmalaltien més del compte, homes i dones que vivien sols, joves que marxaven, gent que havia de treballar hores i hores per tirar endavant...

Baixant al riu, la Gemma i jo constatàvem que ens havíem familiaritzat amb les petites històries locals. Vam començar per conèixer els malnoms de les cases, després van venir les històries tèrboles d'algunes famílies, qui havia tingut problemes amb l'alcohol o la salut, qui tenia plets pendents amb la justícia, qui havia anat a menys i qui s'havia separat de qui tot i tenir tanta mainada, els que anaven a missa i els qui com nosaltres eren indiferents en matèria religiosa... De fet, la conversa era per dissimular que estàvem neguitosos i que, malgrat dir que el Núvol era un gat i no una persona i que tenia tot el dret de fer el que volgués, malgrat això, temíem sincerament de no tornar-lo a veure.

Quan ja gairebé havíem fet la volta sencera al poble i érem una altra vegada a la plaça Nova, on quan feia bo s'hi aplegava la tertúlia de capvespre de l'Esther del Pep, de la senyora Lourdes —que havia estat una excel·lent cuinera del restaurant—, de la mare del paleta Santi, i de tota una colla de coneguts entre els quals alguna vegada vam veure la senyora alemanya que vivia a Tirós des de feia anys i que estava mig aparellada amb el Juli... El Juli era molt agradable de tracte, i, per guanyar-se la vida havia fet de xofer i de tècnic de so de grups de rock, de transportista de tot el que fes falta, de propietari de someres i de treballador del càmping durant l'estiu. Ens hi vam aturar un moment per saludar les poques persones de la tertúlia que encara xerraven, i vam continuar la nostra ronda.

Després vam passar pel carrer on vivia el poeta anglès Richard Gwyn i la seva esposa Rose, que s'havien comprat una casa a Tirós per passar-hi una part de l'any. De sobte, inesperadament, va aparèixer un estol embogit de gats que semblaven fugir del dimoni. Venien de la cooperativa, per on nosaltres havíem passat feia poca estona, i corrien esperitats, com aquells dibuixos de la televisió en què els gats i els gossos tenen rodes lleugeres i imparables en comptes d'extremitats. Certament va ser un vist i no vist, una exhalació, un miratge fugaç en la nit que, tanmateix, va donar temps a la Gemma per cridar:

—Mira, el Núvol!...

I, efectivament, l'últim era el Núvol, que de tan concentrat com estava ni ens va veure. Anava amb la llengua fora i era evident que gairebé perdia el contacte amb el patoll de gats que de seguida va entrar derrapant per un carreró que duia a la plaça de l'antiga botiga, on se solien aplegar. Nosaltres estàvem sorpresos, i tan emocionats que allò ens va semblar increïble. No sabíem què pensar, no estàvem segurs de res, també podia ser un gat que s'assemblés al Núvol ja que, tal com he dit, hi ha una mena de siamesos que només es diferencien pel color dels ulls o per alguna petita característiques del pelatge, sempre clar i amb clapes marronoses. I, a més, de nit, amb la poca llum càlida dels carrers...

Quan vam arribar a la plaça petita, era buida, fosca, fantasmal, sense ni un gat ni una persona. Vam pujar lentament pel carrer al capdamunt del qual hi havia la rectoria amb el xiprer, la paret d'heures que encerclava el jardí, la terrassa pintada de vermell anglès... De sobte, sense saber ben bé d'on venia, va aparèixer de nou aquell tropell de felins esperitats que van passar per davant nostre rabents, enfollits, fins a perdre's carrer avall. El Núvol encara corria fora de si, esforçat per no perdre el contacte amb la colla, i segurament feliç de viure un moment com aquell i que nosaltres li havíem negat. Perquè era el Núvol, aquest cop estàvem segurs que era ell, no ens podíem equivocar, i l'alegria que vam tenir va ser immensa.

Naturalment ens hauria agradat que deixés de córrer amb aquella gatada i que tornés a casa amb nosaltres, però en certa manera també ens feia feliços veure'l formar part d'una tropa de fèlids als quals es devia sentir més integrat que no pas amb nosaltres. I, sobretot, estàvem contents perquè era viu, perquè era al poble, perquè estava bé, perquè el tornaríem a veure, i, de manera gairebé màgica, es van esvair totes les pors, totes les inquietuds, els dubtes que ens havien neguitejat i les suposicions exagerades que em mortificaven. Les persones amigues del poble tenien raó, el Núvol estava bé, no calia amoïnar-se tant, era un gat, els gats són savis, saben el que fan, ho saben millor que nosaltres. No l'havia atropellat cap vehicle, no l'havia atacat cap porc senglar, no s'havia perdut per sempre més per la muntanya, no havia estat abatut a trets pels caçadors que es volien divertir al preu que fos, no havia ni olorat la carn negra emmetzinada ni la ferum dels porcs senglars... Res d'això no era real, no havia succeït, i podíem estar tranquils.

Ja a casa, vam sortir a la terrassa per si el tornàvem a veure passar, i, tot comentant els esforços que feia per córrer, vam deduir que segurament a partir d'aleshores el Núvol sortiria més al carrer i no s'estaria tantes hores a casa. Però em sembla haver dit que una cosa és reflexionar i analitzar els esdeveniments i una altra viure'ls i patir-los. De manera que, finalment, ja negra nit i quan el Núvol encara no havia tornat, vam decidir que era hora de retirar-se. Però vam sortir un parell de vegades més a la terrassa per si el vèiem, i després jo vaig baixar al carrer i em vaig arribar a la plaça de l'antiga botiga... Res, encara res.

—Ja hi tornem... —vaig remugar en ser a casa, decebut i cansat.

—Sabem que està bé —em va precisar la Gemma aquella nit.

—Ja ho veurem... —li vaig respondre.

Del llit estant, i amb les finestres obertes, sentíem perfectament les campanes de l'església: les hores, els quarts... Les dotze, la una, les dues... Vaig recordar la polèmica sobre si a partir de les dotze de la nit havien de tocar o no els quarts; als del poble els preocupava això i no tenien cura de les tremuges, que eren corcades. A quarts de tres em vaig llevar i vaig sortir a la terrassa. Feia una nit tranquil·la, perfumada de pau; el firmament era profundament obscur i hi lluïen milions de puntets blancs que no hi havia manera de saber què eren ni des d'on ens miraven. No està gens malament la idea infantil de veure en aquells puntets lluminosos i en d'altres de més llunyans i que només intuïm, els éssers desapareguts que ens observen a través d'aquella immensitat fosca i incommensurable. I vaig recordar que el cínic Jünger evoca a *Passats els setanta* com es comunica amb el seu gat Mao, i una nit al balcó en què, prenent vi, se sent absolutament bé amb ell mateix; però l'endemà escriu que el continuen turmentant certes coses tèrboles amb relació a l'aniversari d'una mort. Jünger em repugna i em fascina, i me l'imagino als cent un anys passejant encara pel seu jardí, sense ni un bri de remordiment pels seus errors i pel mal que va fer amb l'uniforme nazi. L'*Eclesiastès* no sempre té raó, doncs, quan diu que com més paraules, més decepcions. O potser és per això que Jünger callava...

Al cap d'una estona de divagar a la terrassa, vaig sentir un miol, un miol llarg i entendridor, i sí, el Núvol era assegut davant de la porta de baix, a tocar del xiprer, mirant-me, i em van venir unes ganes immenses de plorar de felicitat, i vaig córrer a despertar la Gemma.

—El Núvol és a baix —li vaig dir—. Surto a buscar-lo.

No podia ni obrir la porta de tan nerviós com estava, les claus se'm feien un garbuix, però quan ho vaig aconseguir, efectivament, el Núvol ja era davant de l'entrada petita, la de dalt, i em mirava, lleganyós, cansat, amb cara de fred i de son. I no es va moure, només va fer un meeeu breu, d'esgotament, i jo el vaig alçar a pes de braços, trasbalsats d'emoció, i el vaig abraçar. Tots dos el volíem abraçar, la Gemma i jo, i ell, que no tenia forces ni ens podia explicar què li havia passat, es deixava fer.

—Nuvolet —li deia la Gemma mentre l'acariciava—, ens has fet patir...

I el vam entrar a casa. En deixar-lo a terra se'n va anar de seguida al cossi del pinso i va estar rosegant-ne durant una bona estona; era com si no hagués menjat res des que havia desaparegut, i, després, assedegat, va fer anar la llengua a gran velocitat per beure tant com va poder. Nosaltres ens el miràvem, contents i alleugerits.

—Quins nervis... —va mormolar la Gemma.

I era veritat, perquè mai no havíem viscut una situació semblant, ni ens havíem imaginat que s'arribés a patir tant per un gat. I, per constatar la nostra ignorància en aquest tema, repetíem el tòpic que els felins són independents, que no generen tanta feina com els gossos, que són autosuficients i que precisament per això és més fàcil que marxin de casa... També vam comentar fins a quin punt ens havíem acostumat a la presència silenciosa, càlida i intel·ligent del Núvol. I, d'una manera potser còmica i tot, ens vam posar a teoritzar sobre la responsabilitat que els humans tenim amb els animals, que no se'ls pot tractar com si fossin pedres, que les pedres no respiren, no s'adapten a tu ni tu a elles, i, per tant, tot i que formen part de la natura, no ens obliguen tant com els éssers que diem vius, i com ens convé no perdre de vista que al capdavall nosaltres també som animals, uns animals més indefensos que la majoria i amb els sentits menys desenvolupats i més dependents de les estructures socials... Què sé jo...

Aquell dia, després d'haver fet les seves necessitats i de rentar-se la cara i els ulls, el Núvol es va posar a dormir al sofà. Nosaltres encara vam dir una altra vegada que era un membre més de la família, que era un de nosaltres, que era un gat noble, net en tota l'extensió de la paraula, que semblava una bona persona, i somrèiem com babaus sense deixar de mirar-lo mentre reposava el caparró a les potes del davant, aliè a les nostres tendreses. Se'l veia cansat, i, malgrat aquesta fatiga, ens va semblar que en els ulls clars hi lluïa una felicitat que fins aleshores ens era desconeguda.

—Pararem bojos —li vaig dir al Núvol.

L'endemà al matí, en llevar-nos, ell encara dormia. Només va obrir un ull i va fer un miol breu. I es va passar el matí així, quiet, roncant, i a les dues només va saltar un moment per menjar i beure, però se'l notava mandrós. Això sí: després va fer els estiraments, es va netejar les vibrisses que li feien de bigotis i en ser de nou al sofà va continuar la teràpia de descans profund per refer-se del dia abans.

—Ves a saber què va fer ahir, el Núvol... —vam dir mentre esmorzàvem.

A Barcelona teníem altres problemes, el més evident dels quals era que el Núvol s'avorria perquè no podia fer gran cosa més que anar del sofà a la butaca i de la butaca a la cadira des d'on veia el pati interior de l'Eixample. Era veritat que passàvem més hores junts, però jo sempre anava endarrerit de feines, i, com que els compromisos professionals arribaven sense gaires possibilitats de prioritzar-los a gust meu... Alguns vespres, quan notàvem que ell s'ensopia, i adonant-nos també que no aconseguíem sortir del cercle viciós i la reiteració de les mateixes idees, la Gemma i jo ens demanàvem per enèsima vegada si havíem fet bé portant-lo a Barcelona.

—Està millor a Tirós —opinàvem—, li agraden la terrassa i el jardí, i s'ho passa bé trescant pels carrers amb la colònia de gats ferals o mig abandonats.

Però de seguida opinàvem exactament el contrari i trobàvem que a Barcelona li estalviàvem una colla de perills, que fent vida als carrers de Tirós segurament acabaria com els seus germans i els altres animalons que simplement desapareixien. En aquest sentit, recordàvem la brama que de tant en tant algú emmetzinava els gats del poble perquè considerava que n'hi havia massa. D'això no en teníem cap prova, esclar, però era veritat que de tant en tant el nombre de gats a Tirós disminuïa de manera sobtada i evident.

Un altre problema era que no estàvem necessàriament sempre al pis de Barcelona. Per exemple, aquell hivern vam fer una escapada de set dies a París per veure teatre, fer la visita gairebé ritual a la Rue Sant Benoît en memòria de Marguerite Duras, sopar amb uns amics i passejar pels voltants del Panthéon i de la Sorbonne, per la simpàtica plaça de la Contrescarpe, i dinar a la increïble i tranquil·la plaça porxada des Vosges, on deien que Jack Lang hi vivia com un príncep. Vam veure un Corneille dissortadament encarcarat a la Comédie, un muntatge de la *Phèdre* de Racine a l'Odéon, intel·ligent, però fred i en el fons encara tocat de jansenisme, i *La Mort de Tintagiles* de Maeterlinck, dirigida per Denis Podalydès al Théâtre des

Bouffes-du-Nord. El Núvol, doncs, de vegades s'havia de quedar sol al pis i si l'estada s'allargava una mica no sabíem què fer. En aquesta ocasió se'ns va acudir que la meva mare passés per casa de tant en tant per posar-li aigua fresca i menjar i canviar-li la sorra de les caques. El Núvol la coneixia perfectament bé, sabia que era la iaia, i, quan ella ens venia a veure gairebé no la deixava ni caminar de tant que li fregava el llom a les cames.

Durant els dies que vam ser fora li vam telefonar sovint perquè ens digués com anava tot; no patíem, però mentre passejàvem, tot tafanejant a les llibreries o esperant per entrar al teatre, ens demanàvem què podia estar fent el Nuvolet a aquelles hores.

—Està bé —ens tranquil·litzava la mare—, i em sembla que ni us troba a faltar —ens va dir una de les vegades que li vam telefonar.

Bromes a banda, el cert és que ni ella ni nosaltres gairebé mai ens referíem al Núvol com «el gat», sempre l'esmentàvem pel seu nom, i, tot parlant d'aquestes coses per París, vam haver d'admetre definitivament que en adoptar-lo no érem conscients de fins a quin punt ens fèiem responsables de la seva vida, de l'afecte mutu que s'iniciava i fins a quin punt era difícil d'admetre que entre ell i nosaltres no hi havia tantes diferències. Un vespre, sortint d'un sopar amb amics i coneguts, ho vam verbalitzar tan clar com vam poder:

—Ell està bé —vam argumentar—, som nosaltres que no l'entenem i ens atabalem més del compte.

I era veritat que en el fons no hi havia cap problema, que ell creixia i canviava d'hàbits, i que nosaltres ens sentíem egoistament massa responsables. Per part meva, la dependència del gat també va fer que en determinades ocasions l'arribés a detestar; l'associava a una mena de bonisme apegalós i el veia més proper a la fidelitat submisa dels gossos que no pas a la independència dels gats. Però també em deia que a la vida tot canvia constantment, que res està mai quiet i que les coses evolucionen de vegades per bé i altres per mal, i, en aquest sentit, era evident que amb el temps el Núvol seria més vell que nosaltres i que aquests canvis també ens afectarien.

—Però hem d'anar amb compte —va dir la Gemma rient—, o acabarem portant el Núvol a l'escola amb els altres nens...

En tornar de París vam saber que la meva mare havia anat a veure el Núvol cada dia i que es passaven hores jugant amb una troca de llana i aquella pilota de colors. No era estrany, doncs, que ell estigués la mar de bé; estava millor que amb nosaltres.

I així van passar les setmanes i els mesos, i un altre any. Durant uns dies va diluviar amb força i després el fred va començar a fer-se més viu. Però al pis de Barcelona s'hi estava bé, i el Núvol dormisquejava hores i hores al costat d'un dels radiadors de la calefacció. Quan es despertava de les migdiades feia aquells badalls i estiraments espectaculars. Seia a la butaca de llegir mentre jo treballava, menjava i bevia, i, si havíem sortit per fer alguna gestió, quan tornàvem a casa ens esperava a la porta, ens saludava amb uns miols breus i s'endinsava al pis amb seguretat, seriosament, com si fos el responsable d'obrir-nos pas en el seu territori. Ens recordava el Bus, el gos entranyable que sempre es comportava amb una enorme naturalitat i com si fos el xèrif del poble.

I a les deu en punt de la nit, cada dia del món, el Núvol se n'anava a l'habitació i jeia al cabàs llit fins que nosaltres també ens retiràvem. Aleshores d'un salt es posava entre nosaltres dos i s'enroscava d'una manera increïble. Però de vegades al cap d'unes hores s'eixorivia i saltava a terra; deambulava pel pis a les fosques, el sentíem jugar amb la pilota de plàstic que rebotia contra els mobles, feia corredisses, menjava i bevia, gratava la terra higiènica... Nosaltres no ens movíem, però jo pensava: ara posarà música, després es dutxarà, llegirà una estona a la seva butaca, consultarà coses a internet, potser es quedarà adormit amb el llibre a les mans... I m'adormia maleint amb tendresa els ossos d'aquell ésser de quatre potes que sempre acabava imposant la seva voluntat.

SEGONA PART

I

Els hiverns següents també vam anar poc a la rectoria per raons que ara no fan al cas. Aquella casa començava a ser un mal negoci, era com si hi planés una maledicció, però en acabar-se els freds i les pluges, cada any començàvem a pujar-hi alguns caps de setmana, amb el Núvol, cosa que ens va permetre de constatar una altra vegada que la seva adaptació a Tirós era automàtica i que els períodes que passava sense anar-hi no li suposaven cap problema per recordar perfectament la casa i mantenir sempre els mateixos costums. Pel que fa a nosaltres, quan érem al poble vivíem amb tranquil·litat les seves escapades i ja no ens estranyava veure'l córrer pel carrer o enfilar-se a les teulades. Els humans ens acostumem a tot, però també hi devia influir la seguretat amb què el vèiem baixar l'escala cap al jardí i que cada tarda sortís per la paret seca o pels esvorancs que havia descobert a la tanca d'heura amb la intenció de fer la seva volteta; després s'arribava a la plaça de l'antiga botiga, a la plaça petita on s'aplegaven els gats que havien sobreviscut a les ràtzies misterioses, passejava pel pati de l'Ajuntament, i tornava aviat a casa, com si hagués entès que no ens podia fer patir tant.

Era evident que el Núvol controlava els seus dos petits

mons. A Tirós, el primer cabàs llit que li havíem comprat li quedà de seguida esquifit i n'hi vam regalar un d'enorme en el qual, quan s'hi acotxava, semblava de nou aquell cadell que havíem vist créixer. Però ja no era un cadell, era un senyor gat, de formes arrodonides, de pelatge brillant i sa, beix i amb clapes fosques, amb la cara i les orelles marronoses i els ulls blaus plens de vida. Vam intentar de posar-li per segona vegada un picarol amb una etiqueta on constés el nom i les adreces tant de Tirós com de Barcelona, però se'l va treure de seguida, i quan el dúiem al veterinari es resistia a entrar a la gàbia, però tornàvem a casa contents perquè la metgessa sempre ens deien el mateix:

—Està molt sa, tot va bé. Continueu com fins ara.

Un altre canvi va ser el menjar: ja no volia prendre aquella llet que tant li havia agradat, i també va deixar de menjar pernil dolç, tot i que cada vegada més demanava algun requisit quan érem a taula. Nosaltres continuàvem comprant-li el millor pinso, i, com sempre, tant a Barcelona com a Tirós, li diversificàvem els gustos: ara un combinat de salmó i gambes, després un de fetge que li va agradar molt i que el duia a llepar-se el musell amb fruïció, i encara un altre de vedella amb verdures.

I va venir una primavera magnífica, de les millors que recordo, en què el camp era perfectament verd, ufanós, i l'aire semblava més net, més fresc i més perfumat que mai. El riu baixava ple de les muntanyes, sorollós i alegre, pel jardí de casa hi volaven unes magnífiques papallones llimonades i d'ales amples, i les flors esclataven de coloracions vivíssimes. I, com que el quadrimestre anterior havia aconseguit concentrar horaris de classe, el Núvol i jo ens vam poder quedar a Tirós. Però la Gemma havia de treballar, i, com sempre, els diumenges al vespre l'acompanyava a l'estació, i aleshores el Núvol i jo ens quedàvem sols en aquella casa enorme, i ens fèiem més companyia que mai.

De tant en tant ens visitava el senyor Manel, que havia estat el sagristà durant anys; era un home d'edat, molt discret, s'asseia al sofà i amb les galtes ruboroses ens remarcava que teníem la rectoria ben cuidada, que feia goig i que no semblava la mateixa de quan hi vivia mossèn Fidel. De vegades el senyor Manel també ens explicava històries antigues del poble, allò del contraban, coses, deia ell, que havien passat durant la guerra, els projectes per recuperar el Monestir de Sant Jaume del Port, que era a un quart d'hora de cotxe de casa i estava pràcticament abandonat.

—Deixat de la mà de Déu està —deia, molt compungit.

Era un home prudent, somreia nerviós i ja he dit que s'enrojolava de seguida, però com aquell que no vol deixava anar determinades xafarderies que a nosaltres ens agradava de saber: qui s'havia fet ric d'una manera estranya, l'època en què anar a França no era pas tan fàcil, com havia millorat la carretera del Pas de la Serra per anar a la Marenda, els anys de la guerra que el capellà va viure amagat, la història de com Tirós havia deixat de tenir escola i caserna...

El senyor Manel era saurí, i, per molt estrany que sembli, amb un pèndol als dits podia determinar a on i a quina fondària hi havia aigües subterrànies. Es referia sovint a la importància que té l'aigua per a les persones, i mai no esmentava res relacionat amb la seva estranya habilitat per determinar on s'havien de fer els pous. Però si algú n'havia de menester un l'anaven a buscar i ell passejava una estona per l'indret triat, pensarós, fins que amb el pèndol als dits, concretava: aquí, i a tants metres de fondària. I no fallava mai.

El Núvol també escoltava el senyor Manel amb atenció, i, quan feia per marxar, l'acompanyava fins a la porta per acomiadar-lo. En aquest sentit, ja he comentat que de vegades el Núvol semblava més un gos que no pas un gat, i jo em deia que si realment fos un gos me l'enduria a passejar, que podríem anar fins als pobles veïns passant per les vinyes que modulaven l'agradable entorn de turons suaus i llomes arrodonides al fons del qual s'alçava la Serra de Blada.

Aquella temporada, quedar-nos pràcticament tota la setmana al poble també ens va anar bé perquè en una ocasió vam haver de canviar una biga del ràfec de la terrassa i jo volia estar-ne al cas. Els del bisbat van dir que no en volien saber res, que allò era cosa nostra, que ens espavilèssim... Quan van arribar els paletes, el Núvol se'ls va mirar amb desconfiança, però en començar a fer grans forats a la paret amb màquines sorolloses va fugir esperitat cap al jardí; al cap d'una estona tornava a pujar sigil·losament i observava amb tota mena de prudències com apuntalaven el voladís del seu espai preferit. Els vespres, quan els paletes ja havien plegat, la rectoria recuperava la pau i el Núvol seia al meu costat mentre jo llegia, perquè també havia après a no interferir en els meus hàbits.

Un matí, amb el sol agradable de la primavera, va comparèixer a casa un altre paleta, un home fort que parlava sonorament en castellà i transportava amb un camió grua la biga de ferro que substituiria la de fusta que s'havia flectit. El Núvol, atret per la novetat d'aquella operació una mica més aparatosa que les anteriors, va pujar del jardí encuriosit i es va asseure en un racó de la terrassa, a prop de la vidriera, per observar com enfilaven la biga amb cura de no tocar els estintols que apuntalaven el ràfec. Els dos paletes habituals el van saludar amb un hola Núvol, i ell els va respondre amb un meu escàs. A mi em feia gràcia que, vist el tracte d'indiferència que la gent dels pobles tenen amb els animals, els paletes saludessin el Núvol d'aquella manera, i vaig pensar que potser tampoc no el veien com un gat.

Així que va començar l'operació més delicada amb la grua, els tres homes es cridaven consignes en castellà de la terrassa al vehicle:

—Sube más... —deien—. ¡Cuidado!... A la derecha... No, no... Espera un momento... Ahora sí, sigue, sigue... Aguántala aquí, vamos a empujarla...

Al Núvol se li va eriçar el pèl, es va posar tens, va encorbar el llom lentament i va començar a fer un ronc sostingut i a ensenyar els ullals de manera agressiva, cosa que no havia fet d'ençà d'aquella nit dissortada. Era evident que tenia por d'alguna cosa, que se sentia amenaçat i que s'havia posat a la defensiva. Jo li vaig explicar que no passava res, que estigués tranquil, però ell continuava amb la mateixa actitud i semblava disposat a atacar algú. Per sort, els paletes no es van adonar de res perquè estaven enfeinats amb aquella biga que ballava perillosament i que no acabava d'encaixar on ells volien. Finalment, al cap d'una estona, vaig entendre què passava: ell no sabia castellà, no havia sentit mai aquesta llengua tanta estona seguida, i, com que no entenia res del que cridaven aquells homes, es va espantar. A mi em van agafar ganes de riure i vaig intentar acariciar-lo, però em va bufar amb ràbia, mirant-me amb malfiança, i va fugir escales avall.

També era evident que el nostre gat s'havia convertit en una petita curiositat al poble. Tothom el coneixia, era el Núvol, i de la terrassa de la rectoria estant feia aquells breus miols de salutació a qui passava pel carrer. La gent també comentava que el Núvol es feia molt amb les persones i que fins i tot semblava que parlés. I tant que parla, pensava jo, i era així perquè sempre l'havíem tractat amb respecte, mirant que s'integrés tant com li fos possible a la nostra manera de viure, i perquè tenia un nom, perquè menjava bé i el dúiem al veterinari amb regularitat. De tota manera és veritat que a l'entorn del Núvol es va començar a construir un petit mite i que, com sempre passa amb els mites, la veritat de les coses que es diuen eren imaginacions col·lectives que ningú no sabia com s'havien concretat. Per exemple es deia que el Núvol ballava sardanes, que sabia sumar i restar com el cavall anomenat Hans der Kluge, o que de nit cantava. L'Aurora reia com una boja quan comentàvem aquestes coses, i nosaltres ens fèiem creus de la força que tenien les mentides.

Un escultor que vivia al poble va dedicar unes petites peces de ferro al Núvol, i, tot i no assemblar-s'hi, sí que n'eren una al·legoria: en una figurava un gat rodanxó amb la cua llarga; en una altra de semblant dormia; la tercera estava pensada perquè recolzés les potes del davant a la paret... La colla de joves que els estius feien l'espectacle musical durant les festes també el coneixien i si el trobaven pel carrer s'hi entretenien una estona, li feien moixaines i li parlaven.

De fet, el Núvol participava en actes en què cap altre gat no tenia accés. Per exemple, podia assistir a les quines que es feien els estius, i als dinars de la Festa de la Vellesa, a les sardanes dels diumenges al matí i a la xocolatada de la Festa Major. Sempre hi era, discretament, sense molestar ningú, situant-se en un segon pla per no interferir en la celebració, però hi era present, i tothom se n'adonava.

Fins i tot els més menuts del poble el coneixien, i quan el veien cridaven:

—Mira, hi ha el Núvol, hi ha el Núvol...

Un dels joves més actius del poble, que després va ser regidor de l'Ajuntament, va comentar amb agudesa que Tirós era un poble ben estrany amb això dels animals:

—Tenim el Bus que fa de xèrif, i el Núvol que sembla el senyor del castell. Això no ho poden pas dir a gaire llocs.

La Marta, que ens havia suggerit d'adoptar-lo i que sempre semblava de mal humor de tan seriosa com era, una tarda va comentar que dels germans del Núvol no en quedaven gaires, que el més devastat era el conegut amb al malnom del Pirata, que vivia pels carrers i les teulades, i que a casa seva de vegades hi apareixia un altre dels germans, que estava espantosament prim i semblava malalt.

—Gats així, com el Núvol, no en conec cap altre —ens va dir com si li sabés greu.

Però mai res és perfecte, i, una d'aquelles primaveres, quan el Núvol i jo estàvem gairebé tota la setmana sols a Tirós, vaig notar que ell es quedava més estona de l'habitual a casa, que gairebé no sortia a la terrassa i que semblava cansat. De primer em vaig pensar que, coneixent el poble de dalt a baix i sense tenir res nou a descobrir, s'avorria com a Barcelona. Però al cap d'uns dies vaig detectar que aquella actitud anava a més, que quan era al sofà, em mirava amb els ulls apagats i com si em preguntés què li passava. No volia jugar a futbol, no em seguia quan li proposava d'amagar-nos, i menjava menys. De manera que em vaig amoïnar.

Parlant per telèfon amb la Gemma em va dir que, segons ella, en haver-se fet gran el Núvol ja no tenia tanta necessitat de sortir, però vam acordar que si el cap de setmana no estava millor el portaríem al veterinari.

—Però ens prendran per ximples —li vaig respondre—. Què els direm?, que el gat està trist? —I ella em va respondre que tant li feia el que pensessin—. Si no està bé l'ha de veure el veterinari —va concloure.

En aquest punt jo no era tan dràstic, a mi em preocupava el que pensés la gent, i, a més, per dur el Núvol al veterinari calia entrar-lo a la gàbia —cosa que sempre era complicada—; en arribar a la clínica ens hauríem d'esperar una llarga estona fins que l'atenguessin, i, naturalment, havíem de pagar la tarifa estipulada, que no era pas barata. Ho havíem comprovat cada vegada que l'hi dúiem per a les vacunes, quan per a sorpresa meva li van haver de netejar les dents amb sedació, o quan, ja feia anys, el vam esterilitzar per evitar que tingués el zel i s'ho passés malament.

Aquest punt ens havia fet dubtar molt, i no ens vam decidir a operar-lo fins al darrer moment que la intervenció era possible. Les alternatives semblaven clares, però nosaltres no sabíem què fer: deien que si no l'esterilitzàvem era gairebé segur que el Núvol marxaria, que ens abandonaria; la veterinària afirmava que era una llei de vida inexorable i que els instints del sexe i el del caçador eren molt forts. Si fèiem el pas, si dúiem a terme aquella petita intervenció quirúrgica —que ens garantien que no era greu ni dolorosa—, el Núvol tindria més tendència a quedar-se amb nosaltres, segurament s'engreixaria, seria més tranquil i més domèstic, va afegir, en el sentit pejoratiu de la paraula i somrient. I aleshores, segons els dies, jo m'argumentava a mi mateix que el millor era deixar que el Núvol decidís lliurement, que jo no tenia dret a canviar allò que la naturalesa havia fet d'una determinada manera. Però l'endemà ho veia ben bé a l'inrevés: el més raonable era allargar-li la vida i que fos feliç, no podia trobar a faltar el que no coneixia, si li passava res per haver marxat de casa sempre ens en sentiríem responsables...

Finalment, in extremis, vam dir que l'operàvem, que ho faríem, però la mala consciència ens va mortificar dies i dies: el mutilàvem per egoisme, únicament per tenir-lo a casa, amb nosaltres, tot i que també es podia admetre que així li oferíem una vida més confortable. Però de tot això ja feia temps, molt de temps.

Un matí, fent moixaines al Núvol, vaig percebre que tenia un bony a la cuixa. Em vaig espantar, i, en passar-li de nou la mà pel cos, vaig comprovar que efectivament, tenia una protuberància considerable i que li feia mal perquè insinuava un gest de refús així que el tocava superficialment. Com sempre, em van venir al cap tota mena de pors i una barreja d'inquietuds desorbitades: allò podia ser greu, tenia raó la Gemma i l'hauria d'haver dut al veterinari feia dies, potser saltant alguna paret s'havia lesionat una pota... Per no perdre més temps en especulacions vaig fer dues trucades: una a la clínica veterinària per veure si hi podia anar d'urgència, i una altra a la Gemma per explicar-li què passava.

Em van dir que podia dur el Núvol de seguida, però fer-lo entrar a la gàbia va ser complicat perquè ell tenia la cuixa adolorida i jo volia anar massa de pressa. Finalment, ja al cotxe, em deia de no córrer, que només faltaria tenir un accident, que m'havia de tranquil·litzar i que aquelles pors fora mesura no tenien sentit. Mitja hora més tard aparcava davant de la clínica de Farguells on dúiem el Núvol quan érem a Tirós. La noia que l'atenia habitualment, la Sandra, era molt eficient i de seguida el va passar a la consulta per examinar-lo. Normalment, quan ell la veia amb la bata blanca es quedava immòbil i la mirava amb desconfiança, i quan ja era damunt de la taula d'acer inoxidable i ella li deia Núvol ara et mirarem i veuràs com no passa res de res, la paràlisi era completa.

Després de revisar-li la boca i les orelles, de mirar si tenia febre i d'examinar-li la cuixa, la Sandra va diagnosticar el següent: el Núvol tenia febre, s'havia clavat alguna cosa a la cuixa, segurament era una estella, i devia fer dies d'això perquè la ferida estava infectada i havia provocat un node més que considerable i una extensa zona de dolor. S'havia d'operar, però la intervenció tampoc no podia ser immediata, caldria fer-li radiografies, donar-li antibiòtics, i era aconsellable que es quedés a la clínica en observació; segons com evolucionés intentarien operar-lo aviat, i s'hauria de quedar a la clínica dos o tres dies més.

Se'm va enfonsar el món, literalment em va semblar que tantes complicacions per un gat eren impossible d'assumir, i em costava d'entendre que la majoria d'animals rondessin pels carrers i aparentment mai els passés res. Naturalment sabia que això no era cert, en el seu moment jo mateix havia argumentat que esterilitzàvem el Núvol per evitar els perills de la vida a les teulades... No ho sé. Em sentia impotent una altra vegada, desemparat, em feia pànic que li passés res, m'atabalaven els inconvenients que podien sorgir, tenia la sensació que tot allò reclamava un temps realment desproporcionat, i, quan vaig sortir de la clínica, no em podia treure del cap que el Núvol es quedava en una gàbia metàl·lica, sol tot el dia i tota la nit, per molt que aleshores hi hagués la Sandra i les altres noies de la clínica i que estigués envoltat de gats i gossos que també tenien problemes de salut i alguns dels quals estaven pitjor que ell.

Abans d'agafar el cotxe vaig telefonar a la Gemma per explicar-li què passava. La notícia també la va afectar, i deia pobre Núvol, pobrissó, segur que tot anirà bé... Jo no sabia si res aniria bé, m'indignava aquella visió sistemàticament positiva de la vida, només sabia que estimava aquell ésser rodanxó d'ulls clars, aquella criatura amb qui vivia, amb qui teníem tantes complicitats, tot i que alhora m'esgotava sentir-m'hi tan lligat per problemes i incidències.

Des que el Núvol havia arribat a casa, des que tremolava a la terrassa perquè no ens coneixia, i des que havia vomitat per primera vegada, tenir-lo amb nosaltres va anar adquirint dia a dia un sentit més complex i ambivalent. Li coneixia els gustos, entenia les modulacions dels seus miols, m'adonava de fins a quin punt era sensible a les tensions domèstiques, al meu estat d'ànim i a l'evolució de la Gemma, que havia passat de gairebé no poder-lo tocar a sentir-lo càlidament proper. Havia après coses de la seva manera de viure, n'apreciava la saviesa a l'hora de reposar, la generosa tendresa que m'oferia quan se'm posava amb naturalitat als genolls per mirar la televisió, i l'agraïment que ens demostrava quan li oferíem una menja nova que era del seu gust... Però també estava cansat de traginar-lo, de gastar-hi diners i de dedicar-hi tantes hores.

Més enllà del neguit per la necessitat de la intervenció quirúrgica, i més enllà també de la por que allò es compliqués, se'm va fer viu de manera incontestable tot el que havíem experimentat des que estàvem junts. Recordava episodis de la vida en comú, sabia la transcendència de les decisions que havia pres per ell i que alguna cosa essencial havia canviat entre nosaltres quan vaig entendre que els seus cinc anys per a mi n'eren més de trenta, que ell s'havia fet madur, però que els meus dubtes l'havien forçat a viure d'una determinada manera, que jo ho decidia tot per ell...

No sé què vaig pensar exactament davant de la clínica veterinària on el Núvol es quedava a l'espera de ser intervingut, però vaig entendre que la seva vida també era un equilibri delicat de fortalesa i fragilitat. Em va impressionar saber que tenia febre i que sentia dolor, que lluitava contra un petit cos estrany que el debilitava, que en els aspectes essencials el seu organisme era com el meu, com el de qualsevol de nosaltres, i en canvi jo exercia de Déu totpoderós decidint què havia de fer i què no. I mentre conduïa cap a Tirós pensava una cosa i de seguida la contrària, però malgrat aquest garbuix recordo que en el fons vaig experimentar una profunda sensació de pau. Tot anirà bé, em deia intentant d'imitar els comentaris de la Gemma, i em repetia una vegada i una altra que al Núvol no li passaria res, que allò era únicament un petit entrebanc, que ens quedaven molts anys per viure plegats, tants que no tenia sentit comptar-los, que m'havia d'esforçar a tractar-lo bé, a ajudar-lo sense impedir que fos ell, i que si volia marxar doncs que marxés, perquè aquesta sempre era la qüestió central.

En ser a la rectoria vaig notar clarament la seva absència i em vaig emocionar fins al ridícul. La casa semblava buida, astoradorament buida i muda, i, com aquell dia que va desaparèixer, els seus cossis de menjar i de beure eren absurds. Vaig netejar la terra on feia les necessitats i n'hi vaig afegir de nova, talment ell hagués de tornar al cap d'una hora; al coixí vermell de la butaca de vímet que era a tocar de l'estufa es veia perfectament l'empremta del seu cos, i també vaig constatar que no era a la terrassa observant la gent que passava, perquè el Núvol no era a casa, estava sol i enfebrat en una gàbia a la clínica de Farguells.

A través del finestral de la cuina, que donava a un dels estreps de la serra de Blada, veia la carretera que s'hi enfilava fins al capdamunt. En llogar la rectoria, feia anys, aquell camí encara era de terra, i temps després va passar a ser d'asfalt. Els estius, quan feia molta calor, de primer semblava una esquerda polsegosa enfilant-se pel puig darrere del qual s'obria l'ampli panorama de turons suaus amb vinyes i horts pels quals anaves a altres poblacions. En moments de pluja intensa hauries dit que aquest corriol era un riu de muntanya que baixava ple d'energia, a estones brut i fangós, però en altres moments era un corrent argentat que es precipitava avall amb joia. I quan, més endavant, el van enquitranar va esdevenir una ratlla de carbó que dividia el puig en dos, com si haguessin afegit un senyal de dol entre la vegetació.

Sense el Núvol a casa m'adonava de fins a quin punt la seva companyia era necessària. I era necessària perquè ell havia incorporat a la meva vida uns sentiments desconeguts, una emoció nova, i una tendresa vulnerable que probablement sempre havia tingut oculta. No era cap decisió, ni cap projecte, no era res premeditat, ni cap càlcul; el que ell m'havia despertat era, senzillament, una nova capacitat d'estimar que, lògicament, em duia a neguits i responsabilitats que fins aleshores havia aconseguit d'evitar.

Més tard, mentre feinejava a la cuina i tot pensant en el Núvol i en com eren de diferents el seu temps i el meu, em vaig notar cansat. Em vaig ajeure un moment al sofà, i em vaig quedar adormit. En despertar-me recordava perfectament haver somiat que el Núvol era físicament més alt que jo, que duia ulleres i que s'estava a la butaca llegint el diari. També el veia parlar per telèfon en anglès amb un capitost de l'exèrcit nord-americà, i rient. Més tard la Gemma em va dir que amb l'antibiòtic i la intervenció farien net, que tot aniria bé, que el Núvol era jove i estava sa, i que els veterinaris sempre ens aconsellaven que continuéssim fent les coses com fins aleshores, que això era sens dubte un bon auguri...

A mitja tarda la Sandra em va telefonar per dir-me que el Núvol tenia efectivament una estella clavada a la cuixa, que la infecció no li havia passat a la sang, que estava tranquil, que l'operarien l'endemà al matí i que el podia passar a veure sobre la una del migdia, que li dugués alguna manta seva o roba meva.

De nit vaig tornar a somiar: el Núvol trescava per la carretera que tornava a ser de terra i polsegosa; jo el cridava de casa estant, desesperadament, però sense veu, com aquell crit mut de la Helene Weigel fent de mare coratge a l'obra de Brecht, un crit silenciós que expressa perfectament el dolor desesperat i sense límits del desconcert que t'imposa una pèrdua essencial que no arribes a entendre. També em va semblar que ell corria únicament amb les dues potes del darrere. Després es convocava una reunió de gats davant de la rectoria i l'acusaven d'alguna cosa estranya, però de sobte jo no entenia la llengua dels gats. Em vaig despertar entresuat i neguitós, i com si hagués sentit uns miols penosos, de patiment, i vaig tenir por, perquè allò no podia ser res més que un avís. I mentre escoltava atentament per si es repetien aquells gemecs llunyans, vaig entendre que no eren miols el que sentia, sinó el brunzir intermitent de la nevera.

Després em devia tornar a adormir. Jo sobrevolava una altra vegada el poble i veia les finestres daurades de les cases i els punts de llum mòbils que es desplaçaven per la carretera. M'enlairava una mica més i sobrevolava la serra, veia els territoris de l'altra banda d'aquella frontera artificial... Encara més amunt veia el mar, i després unes muntanyes gegantines, de color porpra, i finalment un punt blavós girant vertiginosament en la foscor... Sempre amunt, més amunt, fins que res del que veia tenia sentit més enllà d'aparèixer com a esferes incandescents i cúmuls de rocalls llançats al buit.

L'endemà a les dotze del migdia ja era a la clínica veterinària. Al hall s'hi notava aquella fortor de pinso barat que tant em molestava. Nosaltres al Núvol li compràvem marques que fossin menys intenses, tot i que segons sembla els gats es deleixen per les altres, les més aromàtiques. I al cap d'un moment em van informar que havien operat el Núvol feia dues hores, que estava bé però que m'hauria d'esperar per veure'l fins que s'acabés de despertar i que la Sandra parlés amb mi. Jo em vaig asseure al costat d'una senyora grassa, de cabells blancs i pell rosada, que era molt parladora i venia a visitar el seu gos. Va somriure per dir-me que el gos era més vell que ella, però que el veia com una criatura, i jo li vaig respondre que l'entenia perfectament, i li vaig explicar què li havia passat al Núvol. No tenia ganes de parlar, però em sentia estranyament obligat a respondre amb detall aquella dona que em mirava amb dolcesa.

—No s'amoïni, els gats són forts —em va dir per animar-me.

Entrava gent amb gossos, compraven menjar pels animals i se n'anaven. Per la sala del fons va passar la Sandra amb una llarga bata de color verd.

—Surt del quiròfan —em va comentar la senyora grassa, que a partir d'aleshores va descriure breument i amb precisió tot el que s'esdevenia al hall, a la qual cosa jo li responia que sí o que no, o bé assentia amb el cap.

—Ja s'ha canviat —em va dir al cap d'una estona—. Veu que ara ja duu la bata blanca?

—Sí.

—Però encara no ve per parlar amb nosaltres.

—No, no encara.

—La noia que despatxa el pinso sempre somriu.

—Sí, té raó.

—Fixi's, aquell gos ho olora tot.

Em vaig alçar, vaig sortir un moment al carrer amb l'excusa de fer una telefonada urgent. Feia bon temps. Semblava mentida que algú patís quan feia bon temps, jo ho veia com una incongruència, i vaig constatar que per absurd que fos, sempre associava el dolor i el patiment físic al mal temps, tot i que arreu hi havia persones als hospitals en plena canícula i que a Farguells mateix moltes persones i animals patien o estaven greus. El temps, el temps... Vaig tornar a entrar.

—Encara no ha vingut —em va informar la senyora de cabells blancs i pell rosada—. Però no crec que trigui.

No vaig entendre a què es referia i me la vaig quedar mirant sense dir res.

—Em refereixo a la Sandra —va fer ella.

—Sí, esclar.

—És molt eficient, aquesta noia.

—Molt.

Al cap de poca estona la Sandra em va fer passar a la consulta i em va confirmar que tot anava bé, que havien netejat la ferida, que era una infecció local, extensa però local. El Núvol s'havia portat bé, segurament el veuria encara mig adormit, li costava despertar-se, a la tarda ja estaria despert del tot, i, per tant, si preferia esperar... Caldria donar-li antibiòtic, el millor era una injecció cada setmana i semblava preferible que el portés a la clínica per punxar-lo.

—Però està bé, no pateixi —em va comentar al cap d'un moment la Sandra per tranquil·litzar-me, i ella i jo vam somriure sense saber ben bé per què.

En entrar a l'espai on hi havia les gàbies vaig notar una intensa olor de desinfectant i se'm va trencar el cor, i no únicament pel Núvol: hi havia dos gossos petits, dos gats blancs i un gos molt prim i d'ulls enormes que s'estava dret i em mirava desconcertat. El Núvol estava ajagut, tenia la llengua a fora i els ulls vidriosos, i vaig intentar parlar-li, però no em sentia, i el recordo així, respirant profundament i amb la cuixa embenada.

—Val més que torni a la tarda —em va aconsellar la Sandra, que es va adonar que la situació m'afectava.

La senyora grassa que m'havia parlat a la recepció ja no hi era i el hall era buit. Vaig sortir al carrer per telefonar a la Gemma una altra vegada. Estava teòricament content pel que m'havia dit la veterinària, però no estava tranquil, no em sentia alliberat com altres vegades quan s'havia superat una part del problema. Aquest cop jo tampoc no podia respirar bé, i, a peu dret, parlant pel mòbil, sentia amb una precisió esbalaïdora aquell presagi que, digués el que digués tothom, no s'esvaïa, que únicament s'allunyava com si estigués jugant amb mi. La Gemma em suggeria que si el Núvol estava bé caldria celebrar-ho, i jo vaig tornar a casa fent una llarga volta pels pobles més de l'interior i després gairebé fins a arribar a la frontera. Aquella petita

Toscana era el món del Núvol, era la seva terra, el seu aire, el seu cel, les seves olors i la seva vida.

Em vaig aturar just a l'entrada d'una sureda tranquil·la, trasbalsadorament silenciosa i bella. M'estranyava estar sol en aquell paratge, em semblava mentida que aquella quietud, el cel blau i la pau fossin només per a mi; tampoc no gosava d'endinsar-me en la mica de bosc que tenia al davant, preferia mirar-lo de lluny i gaudir dels perfils foscos dels arbres que eren més al fons. I, sense saber per què, vaig recordar una altra vegada el fill de puta del Jünger. Al diari de París diu: «He continuat la lectura de Huxley, on he trobat aquesta bona reflexió: "Hom no hauria de donar mai nom a un mal que sent que s'apropa, car si ho fa proporciona al destí un model segons el qual pot afaiçonar els esdeveniments"». Sí, sí que era un fill de puta, Jünger, encara que aquella citació fos de Huxley.

2

El Núvol es va refer aviat. Durant setmanes feia gràcia de veure'l amb la cuixa sense pèl i com es llepava la ferida, que ja pràcticament havia cicatritzat. El vaig dur tantes vegades com va caldre a punxar-lo d'antibiòtic i ell, que coneixia la Sandra, fins i tot li feia un miol que semblava d'agraïment. I jo vaig intentar de reprendre la feina perquè, entre els paletes i l'incident del Núvol, havia acumulat un retard considerable en els encàrrecs que tenia. Però no em podia concentrar, i, per no estar sense fer res, els matins dedicava una llarga estona al jardí: netejava els testos, segava la gespa, esporgava les jardineres, regava... Fer tot això amb parsimònia era com un alliberament, i també arrencava les males herbes, matava les invasions de l'heura, canviava els geranis de test, esponjava la terra del cactus, tallava les pues de l'atzavara, escombrava i fregava amb energia el terra de la glorieta... Amb les ungles negres i les mans brutes connectava la mànega d'aigua, regava les moreres, que ja eren més que considerables, respirava fondo, m'emocionava la sentor fresca i humida de la gespa... No era felicitat, era un benestar estrany, tocat encara de neguit i ple d'inseguretats i de pors. No donem nom a un mal que s'apropa, ens aconsella Huxley...

Aleshores seia a sota del gran ametller que ja no era florit, i intentava llegir. O passava la tarda a la gandula, amb els ulls tancats i esforçant-me a no pensar en res. I em venia sovint al cap aquell començament de Pavese: «A quei tempi era sempre festa». Jo no podia dir que sempre era festa, però intuïa que tindríem un bell estiu. I em demanava per què se suïcida un home com Pavese, per què mor en una platja bruta un ésser de fons tan noble com Pasolini... «El Lenzetta dormia amb el seu germà gran, en un recambró sense finestres, l'un en un llit vell com una góndola, l'altre en una màrfega». Com és que la mort se'ns abraona quan menys t'ho esperes? I en la calma de l'estiu recordar el gran Celan encara em colpia més profundament:

Cap a terra arrossegats per
l'arrel més blanca
de l'arbre més
blanc.

O bé:

Una vegada, la mort va entrar,
tu t'amagares dins meu.

Doncs aquells dies, després del que havia passat amb el Núvol, malgrat la pau del jardí, malgrat els meus bons propòsits i malgrat el temps de festa que vivia, jo també notava una tristor immensa dintre meu, aparentment quieta, expectant, gran com el mar de què parla Baudelaire, un mar en el mar de solitud i desconsol, un mar per nedar-hi i per ofegar-s'hi.

El Núvol, que voltava pel jardí, de tant en tant s'apropava per saludar-me. Venia a consolar-me, n'estava segur; ell era més fort que jo, ell sabia millor que jo què era la vida i què era la mort. Jo li acariciava el caparró i li deia que m'havia espantat, que havia passat por, molta por, que m'atabalaven els problemes i que no el volia perdre, que era un dels amors de la meva vida, que el necessitava com n'havia necessitat d'altres. De passada, esclar..., tal com diria Beckett. Tot és de passada, però el Núvol no feia cas d'aquests comentaris massa estudiats; el Núvol olorava els troncs de les moreres que se sabia de memòria, saltava a la jardinera i passava hàbilment entre els cactus. Jo tenia la temptació de dir-li que baixés, que anés amb compte, que es faria mal una altra vegada, però callava. Tancava els ulls i callava. Es viu molt intensament en el silenci, sense dir res, sense esperar res, constatant que en les ombres d'aquell petit clos verd que aleshores compartíem el Núvol i jo, el temps passava a poc a poc, inaturable, indiferent.

Els vespres em posava a treballar. Com sempre, el Núvol seia en una butaca propera per fer-me companyia. Ho feia a Barcelona i a Tirós. Naturalment ell no podia saber què feia jo davant aquell teclat escrivint hores i hores, però precisament per això era d'agrair que es quedés al meu costat. No m'imposava res, no interferia en res, només estava amb mi, vivia amb mi, respirava amb mi.

Quan me n'anava al llit, ja tard, el Núvol se'm posava damunt els peus. Notava el pes del seu cos i no gosava ni bellugar-me. Si finalment m'havia de moure, ell rondinava un moment, feia un miol i també canviava de posició. De vegades el sentia saltar del llit tal com feia a Barcelona, i rosegar pinso o gratar el terrer. I l'endemà, en llevar-nos, de seguida volia sortir a la terrassa. Seia davant de la vidriera i miolava indicant-me el que volia. Quan ja érem a la terrassa jo baixava a obrir-li l'accés al jardí. Alguna vegada hi havia trobat altres gats que, en veure'm, fugien a correcuita pels mateixos punts que usava el Núvol per escapolir-se de casa. Quan tornava a pujar, el Núvol ja estava assegut a l'ampit de la terrassa. Jo em feia un cafè, després em dutxava, menjava pomes i una mica de pa amb llet, i més tard anava a la botiga i tornava amb queviures per dinar. A mig matí parlava amb la Gemma. Ella m'explicava coses de la feina, volia saber què feia el Núvol, em deia que només faltaven dos dies per pujar a Tirós, em preguntava si podia treballar, l'enganyava i li deia que sí, però aleshores la feina no l'amoïnava. Era veritat que m'havia retardat amb els compromisos, però no hi volia pensar, em deia que allò s'acabaria resolent, que ho faria d'una manera o altra, que mai no havia deixat de complir els terminis que jo mateix m'imposava, i em semblava que aleshores només comptava la intensitat de les vivències, l'olor de terra humida, els cucs blanquinosos que s'hi retorçaven, el cel blau, el misteri de les aigües subterrànies, la paraula dels grans poetes, que et fan callar, que se t'imposen i et posseeixen fins a emmudir-te. «et les vents calmes hébergeaient au fond des golfes désertiques», deia Saint-John Perse. O bé Baudelaire: «Ce bruit mystérieux sonne comme un départ».

De tant en tant agafava el cotxe i me n'anava a Cap-rocós. Aparcava al darrere d'uns xalets que donaven directament a la platja i caminava pel bosquet de pins que duia a la cala Ampla i a la rocosa i diminuta cala del Forester. En aquella hora no hi havia ningú a les platges nudistes; em banyava, gaudia la salabror del mar i veia peixos diminuts pul·lulant al meu voltant. Després m'eixugava al sol. Ho trobava saludable, relaxant, i el meu cos ho agraïa. I tornava a passar pel bosquet, a poc a poc, en silenci. M'hi aturava un moment, escoltava el silenci i, amb els ulls tancats, percebia encara la salabror del mar i els intensos perfums de pinassa, terra seca i resina. M'hauria agradat de ser en un gran bosc negre i perdre'm de nit, caminant tot sol i a les palpentes, sota els estels diminuts, llunyans, sense saber on anava, sentint únicament el meu trepig, caminar per no anar enlloc, caminar cap a l'infinit, perdre'm... Caminar era l'única cosa que tenia sentit. Caminar, caminar, caminar, caminar...

Quan tornava a casa, el Núvol encara era a la terrassa. Em feia el miol de sempre i de seguida baixava al jardí. Jo volia creure que no baixava fins que jo era a casa una altra vegada, i, de fet, aquelles setmanes vivia en una il·lusió que ell i jo ens enteníem realment. Hi havia coses que no li podia dir, naturalment, no li podia explicar el meu desconcert i que, alhora, em sentís amb una harmonia perfecta amb l'entorn. La vida era això, desconcert, unió, misteri, repeticions incessants, monotonia, calma, neguit, por... L'accident del Núvol havia servit per ressituar-ho tot, per ordenar els esdeveniments i dotar-los d'un sentit profund i que tanmateix no havia de ser evident ni calia entendre. De fet, em semblava que tot es produïa en el moment just, quan tocava: la meva filla em trucava exactament quan més falta em feia, si una tarda visitava el poeta Palau i Fabre ell es mostrava cordial, amable, i ens instal·làvem en una agradable conversa generalment sobre Balzac, un autor que Palau solia rellegir durant els mesos d'estiu. Va ser Palau qui em parlà per primera vegada de *Séraphîta*, la novel·la en què Balzac planteja de manera més clara l'aspiració a la perfecta totalitat.

Em sentia lluny del que tothom buscava, i intuïa que estava a punt de percebre l'espaordidora experiència que combina fortalesa i fragilitat en el darrer replec de la vida. Tot fluïa, res no era premeditat, tot semblava oportú. I somiava que amb els ulls tancats em submergia al mar i nedava profundament i sense respirar durant hores, dies, setmanes, mesos. Vivia en aquell món silenciós, lent, blau i verd, de coralls i algues, de peixos esquius i de plata; coordinava perfectament bé i sense esforç els moviments dels braços i les cames, i anava enllà de les illes baleàriques, adeu, Sardenya; hola, Sicília; et saludo, Malta; et recordo bé, Creta; no em puc aturar, Xipre; vaig al mar Roig per Suez; us saludo, exòtiques Socotra; m'esperen a la mar Aràbiga... Nedar, nedar, nedar.

Quan parlava per telèfon amb la mare, o quan la visitava a Barcelona, ella sempre em preguntava pel Núvol. La mare ja era gran, li costava pujar a Tirós, es cansava al tren i al cotxe, i, com que el poble era tan costerut, cada vegada espaiava més les visites, però tenia present el Núvol com si fos un altre net. Li vaig explicar l'accident i la intervenció quirúrgica i ella es va posar les mans a la boca i va dir, pobret... I quan li assegurava que ja estava bé, que no patís, em mormolava que el Núvol era molt guapo, una frase amb què suggeria emocions i idees que em posaven la pell de gallina. En canvi la tieta de la Gemma, que era més gran que la mare i ja feia anys que no venia a Tirós, era refractària als gats i quan li explicàvem coses del Núvol ens deia, està bé, està bé, i de seguida parlava d'altres temes d'aquella manera tan particular, perquè començava dient no sé què de la Pepita carnissera, i, anant a recules, retrocedint en el temps, enllaçant amb altres persones, acabava articulant una realitat oral fascinant el sentit de la qual costava d'escatir però que sempre trasbalsava per la força que tenia.

—Quan la tieta parla sembla que llegim Faulkner... —dèiem.

En altres moments estava convençut que amb això del Núvol acabaríem perdent el seny. Però era veritat que gairebé tothom l'estimava, que al poble la gent em preguntaven com estava el gat, i que fins i tot alguns amics i coneguts de Barcelona, gens amants dels animals, també hi demostraven interès. El Jaume, vidu de l'estimada Júlia, que tenia gats i gossos, em va comentar que els animals fan patir, però que s'hi estableix una relació més intensa que amb determinades persones i que, per una raó o per l'altra, acaben esdevenint el centre de la nostra vida.

I em vaig dedicar a estudiar una altra vegada els felins, que resultaven ser cada vegada més interessants. Per exemple, no era cap fantasia meva que el Núvol es feia entendre: tenen, efectivament, una gamma de sons entre els miols, els grunys i els esbufecs. Els gats domèstics viuen entre catorze i vint anys, ja ho he dit, n'hi ha que pesen fins a dotze quilos, tots són àgils degut a la flexibilitat de la columna vertebral, això també ja ho he dit. De mica en mica, i a còpia de llegir i d'observar, m'anava fent al càrrec de les necessitats, les malalties i els possibles problemes d'aquell meravellós ésser d'ulls blaus que havia entrat a la meva vida.

Amb el bon temps, a Tirós tot feia un tomb. Primer perquè els dies eren llargs, després perquè la Gemma tenia vacances i s'instal·lava a la rectoria, i finalment perquè rebíem força visites d'amics. El poble, sempre dur a l'hivern a causa del pendent dels carrers, de la tramuntana atroç i també per la falta de serveis essencials, a l'estiu es reviscolava. Les cases semblaven més acolorides, de tant en tant hi apareixien famílies estrangeres que feien turisme rural, o tornaven els estiuejants que al llarg de l'hivern ni hi treien el nas. Els joves intensificaven la preparació de les Festes i de nit assajaven cada vegada més sorollosament el concert que havien de fer a la plaça; si baixàvem passejant fins al riu solíem trobar alguna parella festejant per la carretera, i hi havia forasters sopant al restaurant que ja feia anys que regia l'Àngels. La Sílvia traginava a tota hora les caixes de queviures per assortir la petita botiga del carrer Estret. L'Aurora acarava amb una calma aparent i amb resignació, les enormes dificultats que se li acumulaven... Gràcies a les pluges de la primavera, el camp, els tossals, les vinyes i els bosquets a l'entorn de Tirós estaven perfectament nets i eren d'un verd lluminós i tendre. Tothom deia que tindrien una bona verema, que hi hauria bon vi tot i que segurament seria de menys grau que l'any anterior.

Però l'accident del Núvol ja quedava lluny, i no costava gens de constatar l'evolució que ell havia fet amb els anys: ja era un adult madur i estava tan adaptat a Barcelona com a Tirós. Al poble, les necessitats d'aventures quedaven circumscrites a unes plàcides rondes per l'entorn de casa, a enfilar-se de tant en tant a una teulada, o a passar la tarda amb els avis del casal. I això a nosaltres també ens va donar una gran tranquil·litat. Quan anàvem a la platja, per exemple, el Núvol es quedava sol al jardí; sabíem que sortiria a fer un passeig, però també estàvem segurs que en tornar a casa no ens trobaríem res desagradable, i ja ni pensàvem que es pogués escapar a la carretera. Tampoc no ens feien por les baralles amb els altres gats, tot i que de tant en tant el vèiem amb la colla de la plaça. Segurament el Núvol ja s'havia esbravat i no tenia tanta necessitat de xala, però nosaltres també havíem deixat de patir per no res.

Els estius, efectivament, en tornar a casa després de prendre un bany, acalorats i batuts pel sol, ell posava de seguida joiosament les potes a la vidriera de la terrassa i ens saludava. I va ser justament això, les sortides endreçades que feia pel poble i el contacte que tenia amb els altres gats, el que ens va aconsellar de posar-li un producte que l'immunitzava dels paràsits més habituals. Es tractava de buidar el líquid d'unes pipetes al clatell del Núvol, i, teòricament, amb aquelles gotes ja estava tot resolt i podíem estar tranquils perquè, segons ens van dir, aquest procediment era millor que no pas unes injeccions agressives que també eren al mercat.

En tot cas, el comportament del Núvol sempre era modèlic, fins i tot quan venien coneguts a sopar: si sèiem a la terrassa ell s'estava al lloc que tant li agradava i des d'on veia el carrer; si sopàvem al jardí baixava amb nosaltres i s'estava estarrufat a la gespa que havíem acabat de regar, i si érem a l'interior tant es podia quedar al sofà de la sala com seure a la butaca que a l'hivern li agradava perquè era a prop de l'estufa. El Núvol mai no ocasionà problemes. Fins que una nit va venir el nostre amic Isidre, especialista en temes d'escenografia. L'Isidre era alt, corpulent, però físicament inestable, i sempre semblava una mica atabalat i exageradament amable; quan caminava movia el cos de manera excessiva, i, de fet, anys després vam saber que tot això eren símptomes d'una malaltia fatal. Però aleshores la trobada va ser cordialíssima, afable, i ell ens mostrà encantat i amb passió les fotografies del seu darrer viatge a Bhutan, un indret que jo no sabia ni on era. El fascinava anar a llocs exòtics, com més llunyans millor, i deixava constància de la vida quotidiana d'aquells països en uns retrats magnífics de persones i situacions en què la llum i el color tenien un paper rellevant. Que ara recordi, a més de Cuba i el Marroc, havia estat a Sri Lanka, Cambodja, el Nepal..., i d'arreu on anava sabia retratar les pluges torrencials, el ritme frenètic dels mercats, la placidesa de la vida quotidiana, la particularitat acolorida dels vestits, i fins i tot semblava que podies arribar a percebre les aromes de les espècies, els sabors dels menjars, les suors de la gent i el silenci.

Quan finalment ens vam asseure a taula, la conversa continuava centrada en els temes que tant l'apassionaven: els viatges i l'escenografia teatral, i en especial els creadors d'espais escènics innovadors, com ara Adolphe Appia, l'obra del qual trobava revolucionària, tot i que ell tenia una clara debilitat personal pels plantejaments romàntics. Menjàvem i l'escoltàvem fascinats quan parlava de fotografia ja que es podia passar una bona estona amb la forquilla a la mà, sense ficar-se res a la boca, desplegant explicacions detalladíssimes del moment concret en què la llum li havia permès de fixar les vibracions i els colors inoblidables de les feréstegues terres vermelloses de l'Atles, al Marroc, o la bellesa retro dels grans cotxes nord-americans de colors pastel que aleshores encara circulaven desballestats pels carrers de l'Havana.

No sabíem on era el Núvol, donàvem per fet que s'estava al sofà o que, passades les deu, ja s'havia enfilat al llit. Però, de sobte, ens vam adonar que era a sota la taula i que, amb tota la tranquil·litat del món, rosegava els cordons negres de les sabates de l'Isidre; és a dir: havia desnuat els cordons de tots dos peus de l'Isidre sense que aquest se n'adonés, els havia tret de les sabates i els rosegava a consciència i fins a espoltrir-los. Aleshores només en quedaven miques, les puntes metàl·liques i una polpa fosca barrejada amb les baves del gat. Naturalment l'Isidre va ser l'últim a adonar-se de què passava i després, quan es va posar dret, encara li va costar més de caminar perquè a cada passa que feia perdia el calçat. Nosaltres no sabíem si riure o fer veure que ens enfadàvem, però ell va dir que no passava res, que era culpa seva per no haver-se'n adonat, i el Núvol es llepava el musell talment hagués fet un gran banquet.

Els diumenges el Núvol també baixava fins a l'església a l'hora de la missa. Es quedava just a la porta, sense entrar-hi, i semblava fascinat per la veu amplificada que ressonava al temple quan mossèn Joan llegia lentament i bondadosament des de l'ambó un episodi del Nou Testament, especialment de l'evangeli de sant Marc, que sempre triava amb encert i que després explicava per fer que les paraules que havia llegit fossin el més clares possibles. Recordo haver-li sentit llegir el següent: «Sis dies després, Jesús prengué amb ell Pere, Jaume i Joan, i se'ls endugué tots sols dalt d'una muntanya alta. I es va transfigurar davant d'ells: els seus vestits es tornaren resplendents, tots blancs, com cap blanquejador a la terra no pot blanquejar d'una manera semblant. I se'ls aparegué Elies amb Moisès, que conversaven amb Jesús». Nosaltres vèiem el Núvol de la terrassa estant, i ens feia gràcia que fos tan tafaner i discret. I dèiem:

—Tenim un gat que va a missa i escolta els Evangelis...

Després, en acabar-se el sagrament de l'eucaristia i completar la litúrgia, el Núvol s'enfilava a una de les teulades del veïnat per veure bé els feligresos que sortien del temple i poder sentir les converses i les salutacions de tothom. Els que el coneixien li deien alguna cosa que ell contestava amb un miol discret, o senzillament l'esmentaven pel nom:

—Mira, el Núvol...

Gràcies a les nostres lectures sobre els felins, ja sabíem que els gats siamesos eren tafaners, prudents, amables i molt propers als humans; també havíem après que els animals esterilitzats tenien tendència a ser més casolans que els altres i que en no sentir la pulsió sexual, s'asserenaven i esdevenien encara més territorials. A canvi d'això tenien tendència a engreixar-se i calia vigilar que no desenvolupessin complicacions renals. I, efectivament, aleshores el Núvol ja estava rodonet, se'l veia llustrós i hauries jurat que cada dia tenia els ulls més blaus, més clars i més lluminosos. Fos com fos, quan ens van venir a visitar uns amics d'Andalusia ens va fer feliços que trobessin el Núvol guapíssim, feliç, intel·ligent, simpàtic i tants altres mèrits que ens afalagaven a nosaltres.

—Pero no entiende el castellano —els vam dir nosaltres, mig de broma.

—No me jodas... —va dir el nostre amic, somrient.

Aquell estiu va ser un dels millors que recordem. El neguit que ens havia ocasionat la intervenció quirúrgica quedava efectivament lluny, el Núvol s'havia refet del tot i finalment nosaltres vam entendre que era un adult i que calia tractar-lo d'una altra manera. Sovint li dèiem Nuvolet i era evident que tant a ell com a nosaltres ens encantava jugar a pilota al pati o a fet i amagar per casa. Aquests amics d'Andalusia no es creien que el gat ens busqués per les habitacions i que quan apareixíem ell fes veure que s'espantava, però ho van poder comprovar i reien tots com a bojos quan el Núvol corria esperitat per trobar-nos i després miolava demanant que ens amaguéssim una altra vegada. I aquell estiu, alguna nit, quan sopàvem a la terrassa, la Gemma i jo comentàvem que havia estat una sort que el Núvol entrés a les nostres vides.

3

Ens sentíem tan integrats a Tirós que al cap d'uns anys de ser-hi vam decidir d'organitzar durant diverses temporades un festival de poetes; es feia únicament amb el suport entusiasta de mossèn Joan, que estava convençut de la necessària autonomia de les arts i ens va cedir generosament l'església sense cap condició.

Vam obtenir uns petits fons econòmics de la Generalitat de Catalunya amb el propòsit de dur al poble cada mes d'agost set poetes que recitessin les seves pròpies obres. Amb els anys hi van passar els noms més prestigiosos de la poesia catalana d'aleshores, el primer dels quals va ser el dolcíssim príncep de l'infern, l'alquimista Josep Palau i Fabre, que va cloure la primera convocatòria amb el seu poderós *Cant espiritual*, declamat davant de l'altar. Mossèn Joan estava content, i quan li anunciàvem els poetes que hi vindrien els anys següents ens deia:

—S'ha de fer, s'ha de fer...

De fet, cada estiu s'aplegaven a Tirós —un municipi de cent cinquanta habitants— més de tres-centes persones per assistir al festival. Era un moment màgic i tan especial com el sopar a l'aire lliure en què tothom ho compartia tot i del qual parlaré més endavant. Però tornant a la trobada amb els poetes, cal imaginar-se el poble en caure la tarda, amb persones de totes les edats anant cap a l'església. Sempre es quedava gent a prop de la porta d'entrada perquè el temple ja era ple dels enamorats de la poesia, de joves asseguts a terra, a tocar de l'altar, i de camperols i mestresses de casa atents i arrambats a les parets o drets al darrere de les bancades. En començar el recital es feia un silenci respectuós, en certa manera solemne; tothom atent a les veus riques i sorprenentment variades de la poesia en català que ressonava al temple. Algunes poetesses ens emocionaven per la veritat íntima i sincera del que deien, els poetes més veterans es referien als records, els que volien ser avantguardistes introduïen petites accions... Després, en acabar-se la sessió d'aquell any, els organitzadors sopàvem amb els poetes convidats i amb mossèn Joan a la gran terrassa d'un restaurant proper, i, voluntàriament, sempre s'hi afegia algú més.

Més endavant, parlant d'aquestes coses amb els amics que ens venien a visitar a la rectoria, o en trobades casuals, recordàvem els coneguts del poble que ja no hi eren. I sempre ens referíem a la Júlia estimada, que tant trobàvem a faltar; al vell Joan, prim i d'oratges anarquistes, que era un veritable mestre bastint parets seques i que feia dècades havia plantat l'arbre immens de la plaça Nova; al discret i tímid senyor Centelles, que havia estat el darrer mestre a l'escola de Tirós; a l'amable senyora Lourdes, excel·lent cuinera del restaurant; al sogre de l'Aurora, el senyor Raül, i al mateix Santi, el paleta, que potser amb el cigar a la boca havia traspassat feia temps d'una malaltia ràpida; al matrimoni que va morir ofegat en un gual que mai no haurien d'haver intentat de passar; als anglesos que ja he dit; al pare de la jove Maria —la noia que una temporada va treballar a correus—, a qui havien practicat un trasplantament de fetge sense gaire fortuna; la mare del Santi paleta també havia mort... Anys després va marxar el Mateu, l'antic alcalde de Tirós, caçador, dedicat en cos i ànima a la família i a l'horta que subministrava les fruites i les verdures que duien a les parades de Farguells, home honest, bo i delicat... I també hi havia les persones que per raons diverses s'havien allunyat del poble, com per exemple l'adorable mossèn Joan, bon amic amb qui es podia parlar de tot, que havia organitzat un servei d'assistència a la gent gran i que el bisbat va traslladar a Cadaqués, o la darrera companya del paleta Santi, la Roser, que aleshores vivia a Farguells... I les persones que havien emmalaltit, com ara el manobre Ramon i el poeta i escriptor Gwyn, que tenia casa a Tirós i que va superar uns greus problemes hepàtics...

A la vida res està mai quiet, però aquesta veritat universal —que es refereix a la política, al món de la cultura, a l'economia, a la salut, a les relacions entre les persones i a qualsevol altra circumstància que ens puguem imaginar— es fa més evident a les poblacions petites. A les grans ciutats tot tendeix a ser anònim i a diluir-se fins a desaparèixer, però en els àmbits petits es constata amb cruesa tant la reiteració cíclica del clima com la mecànica ineludible de la vida i la mort. Tot és tan evident, tan natural, tan clar, que també resulta estrany que ens sorprenguem per la contínua successió de fets i per la fugacitat de les persones. Perdura la memòria de certes coses, algunes pedres, o noms, determinats documents, costums, però les persones, els animals, les plantes, i fins i tot els objectes que ens envolten, durem poc temps, de seguida passem a formar part d'aquest infinit invisible que és el no-res. S'imposa l'oblit, cosa que paradoxalment ens ajuda a seguir vivint amb una certa il·lusió el temps de què disposem. I res d'això no és tràgic, ni una diabòlica orquestració de maldats; és, senzillament, la vida mateixa, som nosaltres i tot allò que ens envolta. I, pel que sabem, no hi ha cap racó de món que s'escapi d'aquesta lògica.

L'única cosa que aparentment no canviava a Tirós era la colònia de gats que sempre es concentrava a la plaça on abans hi havia la botiga. I dic aparentment perquè està clar que els gatons porucs que vèiem a l'hivern no eren els de l'estiu anterior, i els cadells entremaliats que aleshores jugaven a barallar-se tampoc no eren els mateixos... Per exemple, feia temps que el Pirata, el germà del Núvol, no hi era, i, tanmateix, la plaça continuava plena de felins que s'assemblaven als que havien desaparegut: el blanc mig sord, el ros estilitzat i presumit, els tigrats lleganyosos, el negre sigil·lós i d'ulls daurats, les feixugues gates prenyades, els siamesos d'ulls clars amb esgarrinxades, el gris de pèl tofut i elegant... Uns s'estaven sempre als capós dels cotxes fent els mandres, els altres entraven i sortien del casalot abandonat, els més vells dormien arrambats a les parets, d'altres empaitaven un ratolí aterrit, la majoria menjaven el que podien, n'hi havia que s'enfilaven a les teulades com si vigilessin Tirós de dalt estant... El xèrif Bus, menut i ja vell com era, continuava rondant pels carrers, amb tot el caràcter, però poc temps després ens va deixar orfes...

En una ocasió vam trobar el Núvol ajagut a la gespa del jardí observant-se fit a fit amb un gat negre que era davant seu, i no estava gens clar si es vigilaven o es feien companyia. Una altra vegada va aparèixer un gatot tigrat a la terrassa de casa i el Núvol va eriçar de seguida el pèl i va començar a bufar-lo. A nosaltres ens feia por que el Núvol prengués mal perquè no ens l'imaginàvem plantant cara a ningú, però ho va fer i l'intrús va acabar girant cua, això sí, saltant ostentosament a la plaça de l'església. I els caps de setmana que pujàvem sols, sense el Núvol, també havíem vist al jardí el gat gris que era preciós i tan delicat que semblava artificial. Si ens veia es quedava immòbil un segon i ens observava, però si li dèiem res fugia.

Un matí que el Núvol no era a Tirós vaig baixar a obrir la porta del jardí. Feia fred, devia ser a començaments de l'hivern, i recordo que la gespa estava perfectament verda, neta, segada de feia pocs dies, i que en caminar la notaves compacta, espessa. També veia la carretera enquitranada que s'enfilava per la serra com una cinta fosca grimpant pels turons, el cel blau i lluminós; l'ametller de la dreta sense flors, l'olivera impassible, el pruner de fulles rogenques i bellugadisses, les dues moreres de l'esquerra, que cada any es feien més altes i amples, i, al fons, el taronger bord d'ufanosos i falsos fruits daurats.

En apropar-me al taronger em vaig esgarrifar: un gat menut, jove, un cadell ros i de llarga cua, penjava mort amb el cap atrapat en un entreforc de branques; devia haver patinat en intentar enfilar-se, amb tanta mala fortuna que s'havia desnucat. Em va semblar viure una situació absurda en què es barrejava el fet irreversible de veure aquell pobre gat penjat de l'arbre, una clara sensació d'impotència angoixant, la tristesa per les malalties i els patiments de tantes persones conegudes, les injustícies i els accidents estúpids que es produïen sense raó aparent en aquesta esfera blava que gira vertiginosament en un sistema solar petit que també es mou a l'extrem d'una galàxia igualment petita que es desplaça amb les galàxies més grans configurant un univers fosc i infinit que ni sabem concebre. I llavors no vaig saber què fer, no podia deixar de mirar el pobre gat mort, amb el cap entre dues branques del taronger, amb la llengua fora i el cos i les potes absolutament laxes, com una fruita estranya, i em venien dolorosament a la memòria la meva mare, la tieta de la Gemma, els germans, els amics i coneguts que estimava, la meva filla, la Gemma... Deu ser ingenu dir-ho, però al cap dels anys puc assegurar que aquell accident del pobre gat ros em va afectar profundament, i, d'alguna manera, em va canviar; però aleshores no vaig dir res a ningú, ho vaig passar sol i en silenci perquè no gosava referir-me a l'infortuni d'aquell animal innocent.

Durant setmanes em vaig imaginar dissorts imprevisibles, percaços, soscaires que mai vinguin, i em demanava com podríem viure si li passés res a algú dels nostres, si la Gemma prenia mal estant sola a Barcelona, si la meva filla tenia un ensurt amb el cotxe, si la mare empitjorava dels seus mals... I, com l'ombra d'una mà feixuga, aclaparadora, indefugible, van tornar les inquietuds que ja em semblava haver oblidat i els neguits de quan van operar el Núvol, de quan anàvem al veterinari per a les injeccions i les cures, i de nit em veia a mi mateix tenint un atac de cor a la rectoria, un atac fatal, i, sense possibilitat d'avisar ningú, ja mort, esdevenia un ectoplasma vaporós i m'enfilava eteri fins a la teulada de l'església, grimpava fins al capdamunt del campanar, i, encimbellat allà dalt clamava a Déu la profunda injustícia de què ell era responsable i baladrejava la meva monodia:

—Maleït sigues tu que ets totpoderós i el nostre pare del cel, tu que ets el senyor i ens colpeixes injustament una vegada i una altra sense dir-nos per què; volem que reverteixin damunt teu les amargors que ens envies, tu que occeixes els fills estimats, escups els justos i premies els pitjors, tu que sense cap raó aparent emmetzines les aigües, tu que sempre ets al costat dels banquers, dels llops i dels assassins, tu que omples la teva cor terrenal de gent sense pietat que es deleixen per les disfresses de prínceps... Escolta'ns, Pare nostre que ets al cel, deixa d'emmalaltir la bona gent, deixa de sotmetre'ns a proves injustes per haver d'expiar pecats que no hem comès. Si som les teves criatures no ens mereixem el teu odi, ets tu qui fas el mal i no nosaltres, Déu depravat i infame, maleït i pervers que gaudeixes condemnant els innocents i que has deixat instaurada una església de lladres, pedòfils i corruptes. No puc creure, Senyor, en religions així, no puc creure en altres vides ni en resurreccions, en premis i càstigs eterns, o en paradisos i bàratres infernals. Ets tu qui peca, ets tu qui ofega i mata, ets tu qui passa amb joia la daga per la nostra jugular. Maleït siguis tu i la teva cort angelical, tu i tots els teus sants, tu i els papes tortuosos i malvats. No parleu més, deixeu de fer mal, calleu per sempre, deixeu que els astres girin més sense sentit...

I en nom d'aquell pobre gat que vaig enterrar al jardí em deia, efectivament, que valia més creure que tot s'esdevenia únicament perquè sí.

Aquell hivern i el següent hi va haver llargues nits fredes, molta pluja i molt vent, i vaig percebre l'efluvi previ a la tempesta. Però després va tornar igualment el bell estiu, i ara recordo quan anava joiós a la platja per seure a la sorra, a tocar de l'enyorat Palau i Fabre, que tot i tenir més de vuitanta anys estava sa i es banyava al mar i nedava, convençut dels enormes beneficis que li aportaven l'aigua salada i el sol. Ell em parlava dels hiverns dels anys seixanta, quan en aquell paratge aleshores idíl·lic no hi vivia pràcticament ningú, només la família Altés, i quan s'havia de dutxar amb aigua freda, de les anades amb tren a la Côte d'Azur per visitar Picasso, de la por que havia passat durant una visita a Antonin Artaud... De vegades el Palau i l'Alícia venien a sopar a la rectoria i ell acaronava el Núvol amb tendresa. I després, quan marxaven, jo rellegia algun dels seus poemes:

> Ens hem anat trobant tantes vegades,
> que no ens ha de sorprendre a cap dels dos
> aquest darrer intercanvi de mirades
> en un espai de temps misteriós

Fins al darrer any de fer el festival de poetes tot havia anat bé. Aquell any, una senyora ja gran i avorrida d'ella mateixa, ho va espatllar tot, però no val la pena de referir-s'hi. El cas és que a partir de la convocatòria següent gestionarien el festival unes parelles joves que feia poc que vivien a Tirós, cosa que també va resultar del tot impossible... El Núvol mantenia inalterable els seus ritmes i les seves rutines. De tant en tant sopàvem amb l'escriptor Gwyn i la seva esposa Rose. Ell havia tingut una vida difícil, i ella treballava en temes d'integració social. Al poble no hi va haver cap problema greu, i, durant un període estranyament llarg, era com si el temps s'hagués aturat i, finalment, la vida fos un esdevenir lògic de petits fets quotidians, sense cap déu malèvol que hi interferís. Més endavant la tardor va entrar amb una tramuntana dura, salvatge i constant que sacsejava els arbres com si els volgués desarrelar. Feia fred, va ploure, i nosaltres vam decidir que era preferible tornar a Barcelona.

Però fins i tot a ciutat pensava en el taronger i en el pobre gat ros que, mort per un accident sense sentit, n'era un fruit esgarrifós. De vegades em sorprenia a mi mateix llegint o escrivint coses sobre la mort, i tornava a l'*Aurea Dicta* on es diu d'algú que «es va esvair en l'aire tènue...». Jo també confiava que les meves pors s'anessin fonent i arribar a gaudir en pau de la bona sort que objectivament teníem. Un dia, mentre esperava que canviés de color el semàfor per creuar un carrer i quan els cotxes encara passaven rabents pel meu davant, em vaig adonar que no era en absolut la meva mort el que m'angoixava, sinó la mort dels éssers estimats, d'algú més jove que jo... Era l'absurd del desordre intolerable el que em dificultava de respirar.

I passava el temps, més temps, com a les pel·lícules d'abans en què volaven els fulls del calendari: els hiverns al pis de Barcelona, el Núvol fent-me companyia quan jo treballava, venint a posar les potes a les meves cames si feia estona que no li deia res, acaronar-lo i parlant-hi fins que ell, satisfet, tornava a la butaca. Sempre curós, pulcríssim, cada vegada més incorporat a la nostra vida i més amable. Els diumenges al matí, quan sortíem a passejar, em sabia més greu que mai no poder dur el Núvol amb nosaltres, i reiteràvem aquella cantarella de sempre:

—Si fos un gos podria venir a passeig...

Però era el Núvol, el nostre estimadíssim Núvol, als ritmes i a les necessitats del qual nosaltres també ens havíem adaptat. De nit, per exemple, miràvem de no fer-li cas si de tant en tant corria pel passadís perquè, segons ens van dir els veterinaris de Barcelona, necessitava desentumir-se i cremar energies. Si alguna nit ens mossegava un moment els dits dels peus tampoc no li dèiem res, únicament canviàvem de posició i ell ja entenia que havia de parar, i quan teníem una estona el raspallàvem per evitar que acabés vomitant a causa de la bola de pèl sobrer que se li feia a l'estómac de tant llepar-se.

Un any, a primers de desembre vam pujar uns dies a Tirós amb el Núvol. Com sempre quan feia fred, els carrers del poble eren buits i la rectoria semblava una nevera immensa i inhòspita. De seguida vam engegar la calefacció i també vam encendre l'estufa de la cuina amb una llenya aromàtica, però els mobles, les parets i la roba estaven glaçats i humits, i fins ben bé a mitja tarda l'ambient no es va temperar una mica. El Núvol va voler sortir a la terrassa i quan després vam baixar al jardí ens vam adonar que la gespa era xopa i ens va fer riure que ell caminés d'aquella manera, com si anés de puntetes i li fes cosa de mullar-se els peus, i que de tant en tant es girés per mirar-me, com demanant explicacions. De nit es va posar entre les nostres cames, atuït de fred.

I va venir una altra primavera de pluges, vam florir joiosament els ametllers de nata que diu Miguel Hernández i van aparèixer de nou les papallones de colors delicats, i alguns caps de setmana pujàvem a Tirós amb el Núvol que, invariablement, en arribar prop del poble intentava de posar-se dret a dintre de la gàbia per mirar l'exterior. En passar per la plaça Nova miolava, i així que obríem la porta de casa es delia per sortir de la gàbia que tant l'engavanyava. Era evident que coneixia i diferenciava les dues cases i que s'adaptava com si res a les característiques de cadascuna.

Segurament les seves preferències eren en primer lloc la rectoria durant el bon temps, i el pis de Barcelona els hiverns, però amb els anys va acabar estant bé a tots dos llocs i gaudint també dels caps de setmana que es quedava sol a Barcelona.

Un hivern ens vam adonar que el Núvol tenia una ferida al clatell, exactament al lloc on els estius li posàvem les gotes antiparàsits. El vam dur al veterinari, i, segons ens van dir, la lesió era a causa d'una al·lèrgia que l'havia fet gratar-se fins a fer-se mal. Després de la desinfecció i de les cures li van posar una campana de plàstic transparent al cap per evitar que es toqués la ferida i s'hi fes més mal. En realitat feia molta angúnia veure'l amb aquella cosa tan aparatosa al caparró, i al pobre Núvol li costava caminar, li costava tant que els primers dies en comptes d'avançar anava a recules i ensopegava amb els mobles. Se'l veia desconcertat, i no sabia ni com posar-se per beure aigua.

—Ja s'hi acostumarà —ens va dir el veterinari—, no pateixin...

Però sí que patíem, patíem una altra vegada, i no pas per la ferida, sinó pels mil inconvenients que ell tenia a l'hora de menjar i de beure, i perquè quan s'ajeia no podia posar el cap a les potes del davant tal com li agradava. Descansava malament, dormia menys del normal, i també li vam haver de donar unes pastilles per evitar que tingués picor, cosa que suposava un calvari perquè li havíem d'obrir la boca per força i posar-li la pastilla a la gola. Aquells dies, quan veia que ens acostàvem per agafar-li la cara, fugia, i, malgrat l'inconvenient de la campana, s'amagava darrere de les butaques o a sota el llit entrant-hi a recules, i no hi havia manera que en sortís. En alguna ocasió fins i tot em va esgarrapar les mans i jo em vaig posar força nerviós, i ell intentava contínuament de treure's aquella nosa de plàstic.

Naturalment, mentre la va dur no gosàvem deixar-lo sol perquè si es treia la protecció estava clar que es faria més mal del que tenia. Tant la Gemma com jo, doncs, vam mirar de combinar els horaris per ser amb ell tothora, però algun cop vam haver de fer venir la meva mare perquè el vigilés, i, per telèfon, li explicàvem a la meva filla com estava el Núvol, que novament s'havia convertit en una preocupació. Però finalment es va curar, ja no tenia la ferida ni es gratava, i recordo el dia que li vam treure la nosa de plàstic com un moment de festa perquè ni ell se'n sabia avenir. Ens va mirar estranyat, devia pensar que ens penedíem de torturar-lo d'aquella manera, i va sacsejar el cap violentament; després espeternegà tot ell com si volgués alliberar el cos d'alguna possessió malèvola, i, finalment, va dedicar una llarga estona a llepar-se les potes que de seguida es passava complagudament pels ulls per netejar-se'ls.

Parlant d'aquestes coses amb la Gemma, de com passava el temps i del que havíem viscut a Tirós abans de tenir el Núvol, sempre recordàvem que, quan feia poc que hi érem, un mes de novembre les pluges torrencials van fer que el riu s'endugués brutalment les baranes del pont de pedra. Ens van telefonar a Barcelona per explicar-nos el que havia passat i per dir-nos que, segurament, a nosaltres també ens havia entrat aigua a casa. Hi vaig pujar sol, primer amb tren fins a Farguells i després amb el cotxe per anar al poble, però vaig haver d'aparcar a la cooperativa perquè a la plaça Nova s'hi havia acumulat un amuntegament increïble de fang, de pedres, de branques i de fòtils de tota mena que la riera havia arrossegat violentament des de les muntanyes. Els carrers eren un fanguissar, i, a casa, efectivament, com en un dels meus malsons, havia entrat aigua a baix, pel jardí, i a dalt per la porta de la terrassa, a més d'algunes humitats i goteres de la teulada, fins al punt que una estora de la sala era xopa i la vam haver de llençar perquè en eixugar-se va quedar deformada.

Al poble ningú no recordava una tempesta com aquella; l'aiguat va afectar tothom, i la gent explicava que de sobte s'havia fet fosc, com si una maledicció bíblica hagués imposat la nit perpètua al poble i desencadenés una pluja torrencial, que queia amb força, sorollosament i de manera constant. El mar sencer es va precipitar a Tirós, un mar embogit que bramava i que a batzegades brutals va desarrelar quatre o cinc magraners del camí de baix. Es van desbordar les rieres, i, arrossegant arbres sencers, van convertir els guals en perilloses cascades cabaloses que s'ho enduien tot avall. Després es van taponar els arcs del pont i l'aigua saltava violentament per damunt de les baranes de pedra, contínuament, sense aturador, amb una força immensa que les va tombar com si fossin de paper, i se les va endur. Quan va passar el grop, el llit del riu s'havia transformat en una glera profunda i rocosa que encara hi és avui, i van desaparèixer la font, el camí paral·lel a la carretera i l'amable platgeta de gespa on els joves se solien banyar els estius. Fins i tot una de les cases que eren a prop de la carretera va quedar envoltada d'aigua i, talment fóssim en un pantà fangós, van haver de venir els bombers per ajudar les persones que hi vivien i que semblaven nàufrags agitant les mans en demanda d'auxili.

4

Té raó Pavese quan diu que no es recorden els dies, que es recorden els moments, i, en aquest sentit, eren certament agradables i tranquils els sopars amb centenars de persones que cada mes d'agost es feien a l'aire lliure, en un llogaret que és arran de la carretera i molt a la vora de Tirós. En caure la tarda es parava una estesa de taules llargues, i, a mesura que arribava la gent —venien de Tirós mateix, dels pobles veïns, de Farguells, de Girona o de Barcelona—, es posaven tovalles de paper, s'anaven encenent quinqués, espelmes o fanalets de butà, i es desplegaven les cadires mentre començaven a aparèixer safates i carmanyoles amb menjars, i tota mena de begudes. Les famílies, els coneguts o els que compartien taula per atzar, ho oferien tot a tothom: uns posàvem plates d'embotits i formatges, els altres duien pastissos de truites, n'hi havia que preparaven amanides, llibrets de llom, arròs fred amb verdures, fruites, coques de forn o pastissos de pastanaga. Després s'encenien les fileres de bombetes de colors que s'havien penjat d'un arbre a l'altre, i, tant la fressa tranquil·la de la gent, com els riures i les converses, feien que aquell sopar fos una festa màgica.

Tot era improvisat, però se seguien les pautes de cada any, i tothom sabia què havia de fer: les dones llescaven pa, remenaven les amanides o distribuïen tovallons, els homes obrien ampolles de vi i llaunes de conserves; els més joves acabaven de muntar la tarima des d'on a mitjanit tocarien els músics i provaven el so; una colla de gent gran preparava els números per fer el sorteig tradicional, les criatures corrien entre les taules, els de més edat s'estaven asseguts gaudint d'aquella litúrgia festiva que cada any suposava també un relleu natural en el sentit que es comentava qui havia mort, qui estava malalt, qui era de viatge, qui s'havia casat, qui no tenia feina, les criatures que havien nascut...

Aquelles nits d'agost a la claror de la lluna, amb els fanons de colors, i en què les famílies i els coneguts ho compartíem tot, en què es parlava i es reia, en què el menjar i el vi eren comuns, van esdevenir inoblidables. Tenien la màgia del que mai no era extraordinari, de les converses intranscendents, dels riures amables a la taula del darrere, d'un moment en què a la comunitat no hi havia rancúnies ni tensions, en què no es passaven comptes de res, i en què tothom semblava bo.

Tot sopant es parlava de la propera verema, de la carn barata que caldria llogar, tal com es deia per referir-se als magrebins, de quina mena de vi nou hi hauria, de l'any que es van cremar les pinedes de Grifeu i de la gent que aquella nit corria a la platja per salvar-se, entre la qual es veu que hi havia el poeta Palau i Fabre, o del gran incendi de la frontera, i d'aquell any que nosaltres vèiem les flames i el fum de la rectoria estant... També es compartien el tabac, i a les converses es respirava una agradosa sensació d'amistat. Era com si s'hagués establert un pacte, sempre perfectament vigent i respectat, segons el qual durant aquell sopar es deixaven de banda les diferències econòmiques, els interessos de partit, les velles rancúnies de família i totes les tensions acumulades. La majoria dels que hi acudíem ens vèiem regularment al llarg de l'any, ens coneixíem, però després del sopar d'agost senties, com a mínim provisionalment, que s'havia renovat una intensa i cordial relació de veïnatge. Mossèn Joan, generalment amb una camisa blanca de màniga curta, hi era sempre, en aquell sopar, tot i que no es quedés fins al final, i se'l veia feliç de ser entre la seva gent. Jo l'observava de lluny i em deia que segurament aleshores se sentia molt a la vora del cel.

I venia el ball, que era diferent del que es feia per la Festa Major. De fet era el primer ball de l'estiu, i, just abans de començar, es regava la gran era que servia de pista sota els estels i la lluna. S'encenien els llums de l'escenari, sonaven els primers acords del grup animador —una orquestrina de quatre membres que interpretaven les cançons de moda aquell any— i mentre s'acabava de sopar es reia, es fumava, i a l'hora de les postres també es compartien les ampolles de licor.

A la pista, de primer hi ballava poca gent, més aviat matrimonis, després s'hi afegien les criatures i els joves, que a base de moure's amb energia aixecaven un núvol de polsim arran de terra. I venien els bons balladors, els que necessitaven gairebé tota la pista i despertaven l'aprovació general, i una mica més tard la nova alcaldessa, que era jove i vistosa, entrava a la pista i es podia ben dir que la nit estava en el punt més dolç. Llavors l'era s'omplia de parelles que es bressolaven amb la música, que feien voltes i voltes sense parar, levitant en aquell núvol sense temps, i jo pensava que aquell ritme, aquella nit d'agost, aquell alè d'estiu i aquell perfum de terra i de festa, només eren comparables a l'energia i l'emoció intensa del meravellós vals d'Ella de David Mansfield que de la mà de Cimino, et passeja per la injustícia i la bogeria de l'amor a la inigualable pel·lícula *La porta del cel*, que també va emocionar profundament el Ramon.

Tot passava ràpidament a la nostra vida a Tirós, els fets se succeïen, hi havia coses que recordàvem bé i d'altres que s'esvaïen. Les obres de la rectoria, per exemple, les teníem molt presents, tot i que ja feia anys de la transformació d'aquell casalot ruïnós, una part del qual en començar no tenia ni teulada; recordava la manera com els paletes, el Santi i el Ramon s'hi van posar a treballar, com obrien els finestrals de la terrassa, el de l'estudi i el de la cuina des d'on vèiem la serra i la carretera que s'hi enfilava... Temps després d'haver-se acabat les obres vaig començar a sospitar que el paleta Santi ens havia enganyat. No sé explicar exactament com em va venir aquella intuïció, però estava segur que una biga en mal estat que havíem quedat de canviar era exactament igual que el primer dia, dissimulada pel sostre ras de fusta que havíem decidit de fer. No tenia cap argument sòlid per dir el que sospitava, però no podia deixar de pensar-hi i la idea em rondava contínuament, especialment els hiverns, quan apareixien enormes taques d'humitat en una part del sostre. El paleta sempre ens deia que a les cases velles ja se sap, que les goteres s'anirien resolent de mica en mica... Finalment, un estiu vaig obrir barroerament una petita trapa al sostre ras, i, amb una lot potent, vaig comprovar que, efectivament, la biga continuava esquerdada.

Allò va ser una brega de tensions que prefereixo oblidar, però de sobte tenien explicació les goteres d'aquella zona i les humitats del sostre que s'escampaven cada vegada més. I el cert és que em va entristir profundament constatar que m'enganyaven persones com ara el Santi, que m'havia garantit mil vegades que la biga s'havia canviat i la feina era ben feta. Nosaltres, l'estiu següent vam fer venir uns altres paletes per refer la teulada sencera, i així vam començar a viure experiències desagradables en aquell poble on gairebé per atzar havíem decidit de ferhi una part de la nostra vida i acabar vivint-hi sempre. I les relacions amb el bisbat també van començar a ser diferents.

Quan anys enrere havíem acordat de llogar la casa vam fer els tractes amb un mossèn que es deia Ramírez segons el qual allò era un acord i no un negoci i que l'església necessitava ajudes per preservar el seu patrimoni. A nosaltres, tot i no ser creients, aquest plantejament ens semblava raonable i lògic. Quan va passar això de la teulada per les mentides del Santi —i com que havíem fet el que ells demanaven: treballar amb els paletes locals— vam proposar al bisbat que considerés la nova despesa com a imprescindible i que s'afegís a la inversió ja feta. Però el mossèn del primer moment ja no hi era, i en el seu lloc hi van posar un gegant gras i ensotanat que, brandant davant meu una carpeta buida em va dir:

—Això és el que jo sé de vostès... Tot és aquí...

També em vaig sentir ofès i estafat, entre altres raons perquè el bisbat tenia còpia de tota la documentació, amb els pressupostos, les despeses fetes, la correspondència, les factures, els justificants dels pagaments i un informe sobre l'afer de la teulada del qual havien acusat rebut. I li vaig explicar que ho tenien tot arxivat, però ell va reiterar despectivament que no en sabien res, i aleshores, irat, li vaig respondre que si era creient es preparés per al foc etern.

—Qui enganya i menteix conscientment va a l'infern, oi mossèn? —li vaig dir.

I aquest va ser l'inici del final amb el bisbat, que de mica en mica va anar empitjorant perquè van integrar la gestió de les rectories que tenien en règim de lloguer en una anomenada fundació que, miraculosament, tampoc no trobava cap dels documents. Segons vam saber, es dedicava a extorquir els llogaters aplicant-los criteris comercials abusius que sovint duplicava l'import dels lloguers si volies renovar els contractes quan les obres ja eren fetes. Tot ho manegava una mena de gerent anomenat Planes que prescindia completament de l'esperit inicial i només parlava de rendibilitat. A nosaltres ens volia fer pagar l'impost de propietat, van fer veure que després de mesos trobaven una petita part de la documentació, però havia desaparegut un escrit en què es deia que teníem opció de compra... Quan parlava amb altres persones que també tenien rectories llogades a altres poblacions m'explicaven situacions delirants, i vam constatar que amb la màscara de la fundació, l'Església actuava despòticament contra famílies senceres quan havia mort el signatari del contracte original.

—Ells tenen el temps a favor —em van dir uns coneguts que es trobaven en una situació similar a la nostra. I la rectoria va esdevenir un altre problema.

Abans que la Gemma fes vacances, quan m'estava sol a Tirós, els matins sortia a caminar, després dinava d'hora i passava les tardes escrivint amb el Núvol al costat. Si ell em demanava per sortir a la terrassa i baixar al jardí, jo l'observava un moment mentre menjava herbes, feia corredisses o empaitava un ocell que de sobte s'enlairava. Algun dia també me n'anava a Perpinyà amb el cotxe. M'agradava passejar pel centre de la petita ciutat afrancesada, pel mercat amb parades exteriors d'espècies i olives, badar als aparadors de les botigues de roba, entrar a les llibreries i a la sempre fosca basílica-catedral, arribar-me als carrerons on vivien la minoria àrab, i pensar en la petita-gran novel·la d'Albert Camus en què el protagonista mata sense saber per què; per la calor, pel sol, per la diferència d'olors, per una tensió acumulada i que no acaba d'entendre...

Jo pensava sovint en els capellans del bisbat i el funcionari de l'infern i la fundació: els tenia presents, però preferia que s'esvaïssin i em deia que es recorden els moments i no els dies. Em passava el mateix amb l'accident d'aquell gat al jardí de casa, fins al punt que durant una temporada em costava de seure a prop del taronger perquè em semblava que era a tocar d'un cadafal. Però m'hi vaig acostumar, i al cap d'un temps ja hi podia seure sense pensar en el gat ros que penjava de les branques fatals.

Recordo que aquell estiu vaig rellegir força. Més que no pas endinsar-me en autors nous tenia ganes de tornar a Tolstoi, Txékhov, Proust i a algunes obres de Kafka, Brecht, Camus, Pavese, Beckett i Duras. Quants canvis entre les literatures del segle XIX i les del XX, i això sense tenir en compte els moments immensos de Joyce o autors suposadament secundaris com ara Max Frisch, que tant m'havia agradat.

I van passar mesos i mesos, potser un o dos anys més, i de sobte al Núvol li va tornar a aparèixer aquella al·lèrgia al clatell. No semblava res greu, només era una ferida que s'havia fet ell mateix perquè seguraments es gratava massa fort. Ningú no ens va dir que calgués amoïnar-se, únicament havíem de gestionar les rutines que ja sabíem: la campana transparent al cap perquè no es toqués el mal, les divertides dificultats dels primers dies per caminar normalment, per beure aigua i per menjar, les pomades, unes injeccions de cortisona en comptes de les pastilles que costava de donar-li... Ell, pobret, aquesta segona vegada s'ho va prendre força millor i es va acostumar relativament aviat a la nosa de plàstic que li impedia de fer vida normal, però es passava hores assegut a la butaca, amb el cap en un coixí tou i esponjós que li vam posar perquè estigués el millor possible. I mentre nosaltres feinejàvem ell ens mirava, i, segons com, ens enviava uns meus meus que semblaven dir-nos no patiu, estic bé, això no serà res, aviat faré corredisses tota la nit. I es va curar, va superar per segona vegada aquella maleïda cosa, i vam tornar a passar el més dur de l'hivern bàsicament a Barcelona.

Al pis, el Núvol va buscar estratègies noves per distreure's: seia al sol en una butaca que vam deixar a prop de la vidriera, observava el pati interior i les persones que sortien al balcó per estendre roba o per fumar, s'embadalia amb els obrers que s'enfilaven i baixaven d'una bastida muntada a la façana del costat per fer-hi unes petites obres de manteniment... Una altra distracció nova i més empipadora per nosaltres va ser que, ajagut panxa enlaire, s'habitués a furgar amb les ungles a sota del sofà. I quan s'amagava a sota el llit l'havíem de localitzar i demanar-li insistentment que sortís, però ho feia quan volia.

Coneixíem una senyora que no s'amoïnava per aquests temes, i, per exemple, sempre deixava oberts els armaris per si els diferents gats que tenia a casa es volien estar entre els llençols o a sobre dels jerseis. Això nosaltres no ho vam fer mai, i, malgrat que el Núvol era el senyoret de la família, les normes que havíem establert eren clares: no s'havia d'enfilar als fogons ni a les taules, no podia beure o menjar res que no fos seu o que no l'hi donéssim nosaltres, no es podia posar damunt de la roba, i, lògicament, als armaris no hi podia ni acostar el musell. Amb tot, una vegada que no el trobàvem i que vam regirar tot el pis buscant-lo, va resultar que era dintre d'un armari, divertidament acotat i amb els ulls esbatanats, esperant que el salvéssim...

Aquell mateix hivern, quan els vespres llegíem o miràvem una pel·lícula a la televisió, el Núvol posava el cap a les cames de la Gemma. Ella l'acaronava i ell semblava l'ésser més feliç i adaptat del món, i, sense dir res, recordàvem els primers temps de tenir-lo a casa, quan la Gemma gairebé ni el tocava.

—Em sembla que el Núvol s'ha engreixat —va dir la Gemma un vespre, i tenia tota la raó.

El veterinari ens va aconsellar que li canviéssim el pinso: n'havia de menjar un per als gats esterilitzats i que no feien gaire exercici. Això, que semblava senzill, també va resultar tot un maldecap perquè el pinso nou, que era de règim, no li agradava. S'apropava a la bacina on hi havia aquells grans foscos, els olorava a consciència, amb deteniment, i després ens mirava amb cara d'ofès i girava cua tot fent un meu de disgust, i no menjava. L'hi vam canviar per un altre que era caríssim, i tampoc no el va voler; l'hi vam barrejar una mica de cada, amb alguns grans del menjar anterior, i únicament rosegava els antics, que eren més perfumats. Finalment vam trobar un pinso que era del seu gust, però el veterinari ens va advertir que menjant allò no s'aprimaria.

També vam notar que a Barcelona dormia més que a Tirós. Ja se sap que els gats dormen molt, però de sobte el Núvol va començar a fer llargues migdiades al seu jaç, i nosaltres vam deduir que a la rectoria tenia més estímuls i feia més exercici, i que en canvi a Barcelona s'avorria i per això es posava a dormir. Però de nit sí que jugava amb la pilota dura que havia après a empènyer amb les potes del davant i que nosaltres sentíem rebotre contra els mobles i les portes. No era la pilota amb què jugàvem a futbol quan ell feia de porter, sinó una mena d'ou acolorit i de plàstic que jo no recordava com havia aparegut a casa i que precisament degut a la forma ovalada que tenia mai no rodava de manera lineal. Quan es cansava d'aquest joc, empenyia amb el cos la porta de l'estudi, que grinyolava una mica, o el sentíem gratar el seu terrer, i més d'una vegada m'havia semblat que roncava al sofà de la sala.

Els canvis de rutina que va introduir aquell hivern van fer evident que el Núvol era més autònom que fins alesHores. Abans, per exemple, a Barcelona sempre estava pendent del que nosaltres fèiem, i, en canvi, aquells mesos anava al seu aire amb el benentès que hi havia determinades coses incommovibles tant per a ell com per a nosaltres: per exemple l'hora de llegir no ens podia destorbar, o quan vèiem pel·lícules a la televisió, i en canvi per a ell era sagrada l'hora d'anar-se'n al llit o la puntualitat per despertar-me els matins, ja que cada dia del món a les sis en punt posava les potes a l'altura de la meva cara i de manera discreta repetia uns meus meus curts i insistents fins que m'aixecava.

—Ets l'encarregat i vols que treballi, oi...? —li deia.

Una nit em vaig trobar malament; tenia febre, mal de coll i les orelles tapades, i el Núvol, com si sabés el que passava, l'endemà al matí no em va despertar i durant el dia no es va moure del meu costat. Jo, quan estava així, mig malalt, preferia reposar, quedar-me quiet, bevent sucs de fruita, dormint tant com podia per ajudar que el cos fes la seva evolució. I ell, que no era damunt de les meves cames, sinó a l'altra banda del llit, únicament va saltar a terra dues vegades per anar a menjar i a beure.

Aquell dia i la nit següent vaig suar molt. La Gemma va dormir en una altra habitació i de tant en tant jo em despertava xop i m'havia de canviar la roba. El Núvol alçava el cap per mirar-me i després, quan ja tornava a ser al llit, tant ell com jo continuàvem dormint. Jo somiava coses absurdes: vivia perdut en un país en què només hi havia gats, uns gats que parlaven, que anaven a treballar, que fumaven i vestien corbates vistoses i duien sabates. Jo era en una nau sideral, amb un vestit blanc d'astronauta, i de sobte el Núvol em feia senyals amb les potes d'una altra nau estant. Plovia molt, la gent del poble deia que es tornaria a inundar tot, que el riu s'enduria el pont sencer i no únicament les baranes, i jo veia el Núvol en una barca, remant desesperadament per no ser arrossegat mar enllà...

5

Aquell hivern vaig començar a escriure una obra de teatre, una *Ifigènia* en què volia mostrar l'egolatria prepotent d'Agamèmnon més que no pas les seves obligacions polítiques, i la determinació valenta d'una vella que s'acara al rei més poderós i a la mort ineludible, dues forces contra les quals no té res a fer. Jo també dirigia l'espectacle i per al paper de la mort vaig triar un actor alt i prim, de cabells llargs, que acusava els humans amb vehemència. Era un projecte amb la companyia Marduix per al Festival Grec, i hi treballarien Joana Clusellas i Jordi Pujol i Cortès, Jaume Comas i Carles Arquimbau. El Jaume, alt i fort, faria d'Agamèmnon; el Jordi seria un duplicat d'aquest i el manipulador d'objectes i de déus, ja que la companyia venia del món dels titelles; la Joana era la vella menuda i coratjosa, i l'escardalenc Carles encarnava la mort que veu la vida i especialment els humans com una provocació intolerable. Vaig demanar al figurinista Jordi Bulbena que dissenyés unes nines sense cap que es moguessin soles per l'escena com petites Ifigènies innocents i enjogassades; tot això s'esdevenia en una balsa vermellosa, que també podia ser un tros de terra, dissenyada per l'escultor Ernest Altés i en què apareixien acolorides deesses abstractes que tanmateix morien al final. L'actriu Esther Bové m'ajudaria en la direcció d'actors i la Gemma s'ocupava de la producció.

Però en començar a treballar res no era tal com ho explico i, de fet, avançàvem a les palpentes i fent provatures diverses, afegint elements i traient-ne, buscant que res del que finalment aparegués a escena fos sobrer. Durant mesos vaig estar colgat de feines: havia de preparar classes i algunes conferències que ja tenia compromeses, escriure el text i parlar de la producció amb tothom que hi tenia res a dir: escenògraf, figurinista, els intèrprets... De tant en tant anàvem a visitar la meva mare o sortíem amb la Gemma, però també em calia imperiosament rellegir determinats textos clàssics que necessitava tenir frescos perquè els tràgics grecs sempre m'havien fet un enorme respecte, i hi havia aquell Planes de la fundació del bisbat... El cap m'anava d'una cosa a l'altra, estava tens i em sentia en un remolí d'obligacions que no acabava de controlar. Quan parlava per telèfon amb la meva filla, que vivia a Mallorca des de feia anys, intentava explicar-li el que volíem fer i li deia que el Núvol estava bé, i que a part de la feina no hi havia grans novetats.

I encara vaig fer altres coses, com per exemple llegir alguna novetat editorial, anar a veure una pel·lícula que segons deien era extraordinària, i fer una escapada de cap de setmana llarg a la medieval i misteriosa Gant, la ciutat flamenca on havia nascut Maeterlinck, el poeta i dramaturg de la mort i les latències simbolistes. Per la raó que fos, jo em sentia com si sempre hagués de treballar contra rellotge, aclaparat, i, com que no acabava de trobar les solucions que buscava, furgava neguitós en les músiques i els sons, que sovint eren el millor camí per resoldre els dubtes. La veritat és que res no es produïa en la calma que necessitava, i aquella temporada vaig tenir el Núvol abandonat. Segons com, fins i tot el trobava apegalós, massa dòcil i tendre, i ell devia notar el meu distanciament perquè quan jo tornava a casa venia miolant a fregar-se'm insistentment a les cames.

—Jo també t'estimo, Núvol —li deia posant-li la mà al caparró, però ara no puc estar per tu.

I era veritat que havia de córrer a preparar la classe en què l'endemà parlaria precisament d'*Agamèmnon*, la gran tragèdia d'Èsquil, i en especial de la humanitat profunda i dolguda que hi ha en Ifigènia, la filla del gran rei que, estesa a l'ara del sacrifici, «caiguda com està entre els seus vels desesperadament de cap a terra» —tal com diu la traducció de Riba—, crida el seu pare abans que una mordassa l'emmudeixi i els oficiants, per ordre d'Agamèmnon mateix, li treguin aquelles gases, i, ja nua, l'occeixin tot i la darrera mirada de terror desesperat de la noia. El matí, abans de la classe, teníem una altra reunió econòmica amb els productors per negociar un pressupost que ens permetés pagar tothom segons la feina que feien, i l'endemà havia de ser ineludiblement a la Llitera per parlar sense gaire convicció dels meus llibres, hores i hores de cotxe per entretenir unes senyores plenes de bona intenció.

No explico això per justificar-me, sinó per fer evident que el malson en què jo veia el Núvol remant esforçadament en una barca, tenia una base real. Alguna cosa insana s'havia anat covant, el remolí de compromisos m'empenyia a un laberint sense sortida, i els vespres queia al llit exhaust i tan tens que fins i tot em costava de dormir. Em feia mal el clatell, em notava unes palpitacions incòmodes, en somnis em veia lliscant per un pendent sense fi, humit i obscur... I tornaven les imatges del Núvol bregant a la barca, i aquell tsunami devastador, i la porta que m'esclafava contra la paret, i els intents infructuosos de volar, la necessitat de volar, la caiguda de cara al foc, la conversa nocturna amb aquella dona espectral que apareixia per casa, fumant... En un suposat informe sobre els meus malsons que escrivia a no sabia qui ni per quina raó, hi deia: «la primera queixa és que el pis que se m'ha assignat està ubicat en una barriada inhòspita, al capdamunt d'un carrer negre, humit i mal asfaltat, després de creuar el pont, i si bé és cert que hi ha una panoràmica de privilegi sobre els boscos ara colgats de neu, també ho és que la calefacció no funciona. Potser quan m'hi hagi instal·lat del tot i aquest aspecte de la temperatura estigui resolt, l'ambient millorarà ja que, segons diuen, la primavera i el desglaç són uns canvis considerables, però ara mateix el meu desànim em sembla insuperable, i haig de fer arribar la sensació angoixant que aquest destí més aviat és un càstig». I acabava dient que a Tirós escriuria les meves *Tristes*.

Però els dies volaven, s'apropava el moment de començar els assajos i encara no tenia clars els conceptes fonamentals ni la música de referència; també havia de decidir la gamma de colors en què treballaríem, com tractaríem la dicció dels actors, fins a quin punt calia que la deessa gegant i abstracta que el Jordi manipulava fos sempre a l'escena, no tenia clar si hi havia d'aparèixer Clitemnestra o no calia, però si de cas jo la veia com una ombra que passava fugaçment, acompanyada d'un fons musical de Stravinsky...

I aleshores el Núvol es va tornar a posar malalt. Una altra vegada aquella ulceració al clatell, aquella ferida que no es curava, aquella nafra que ja feia temps que vivia amb nosaltres. Vaig sentir terror, i, a causa de la nova complicació, vaig experimentar una claustrofòbia que m'era desconeguda i que em paralitzava. Estava dolgut contra no sabia qui, volia abatre no sabia què, i, per acabar-ho de complicar, a la clínica veterinària de Barcelona on vam dur el Núvol ens van dir que se'l volien quedar uns dies per determinar exactament què tenia. Jo ja sabia què tenia, i em feia pànic pensar-hi, no m'ho volia dir, m'amagava a mi mateix una culpa evident, em creia que si no en parlava acabaria impedint que es manifestés...

Tot plegat, entre anàlisis, biòpsies, radiografies i l'estada a la clínica, ens costaria força diners, però en el fons em deia que potser m'ajudaria que el Núvol estigués uns dies fora de casa ja que aleshores ni la Gemma ni jo no el podíem atendre prou. Buscava mil excuses per justificar-me: aquella clínica era un lloc prestigiós, finalment tindríem un diagnòstic fiable, potser era una malaltia que havia agafat al poble, d'altra banda el nostre gat estava massa gras i ja ens havien advertit que aquests animals solen tenir problemes de pell... Durant el dia trucava mil vegades a la Gemma des dels assajos per si els de la clínica havien dit res.

—Encara no —em responia ella.

—Doncs anirem a veure el Núvol i que ens diguin el què —però no hi anàvem.

Un parell de dies després ens van telefonar. Aquella ferida no era gens tranquil·litzadora. De moment no semblava un perill imminent, però els gats siamesos podien desenvolupar malalties greus a la pell, era prioritari que no es toqués la lesió, convenia no treure la campana de plàstic, que la portés tant com fos possible, fins que la ulceració es curés del tot, necessitava molta vigilància, li donarien més cortisona...

Quan el Núvol va tornar a casa estava bé, i, malgrat la campana que duia, es movia amb relativa comoditat i va recuperar de seguida els seus espais i les seves rutines. Primer va fer la ronda habitual pel pis, olorant els mobles a consciència, i després es va ajeure al sofà de la sala com si ho tingués tot controlat. Tant la Gemma com jo vam experimentar una profunda sensació d'alleugeriment, i, mig de broma, ens hi vam asseure al davant i li vam explicar que no ens podia donar més ensurts, que havia d'estar bé, entre altres raons perquè estàvem atabalats de feina i no podíem gastar tants diners en clíniques i medicaments.

Ell ens mirava com si haguéssim perdut el seny, i, en un moment determinat, es va estirar del tot, fent el mandra ostentosament. Com que li havien rapat el pèl del clatell, es veia que la ferida estava gairebé cicatritzada i que era neta, però en el fons del fons sabíem que en aquella pell laxa hi havia alguna cosa mòrbida, i jo vaig començar a demanar-me sincerament si li havien fet mal les pipetes antiparàsites que li posava els estius, i també em deia que potser tot plegat era culpa meva per voler tenir les coses massa controlades, que a la majoria de gats del poble no se'ls donava res, que no se m'havia acudit que aquells productes podien ser perillosos, que ningú no m'havia advertit de res, que els prospectes tampoc no eren clars... La Gemma també passava per uns moments de feina intensa, abans de l'estiu havia de tancar molts temes, tal com deia ella, i, pels directius d'on treballava tot era urgent, vivia al despatx, tornava retuda...

Un diumenge va venir la meva mare a dinar, i, sense adonar-se de les tensions a què estàvem sotmesos, va proposar que li traguéssim la campana al Núvol perquè segons una coneguda seva, els gats es cuidaven sols i si es llepen les ferides és per desinfectar-les. Jo em vaig posar nerviós, vaig perdre el control i li vaig acabar cridant que no ens atabalés, que havíem de fer cas als metges i no pas a les veïnes. La mare es va disgustar, i, tot acaronant el Núvol amb tendresa i fent veure que no havia sentit res, li deia:

—Nuvolet, pobrissó meu...

Aquell dia va ser un desastre perquè ni la Gemma ni jo no volíem verbalitzar el que pensàvem, i no em refereixo únicament a la malaltia del gat. Sense admetre-ho formalment, tots dos intuíem que hi hauria altres episodis difícils. No sabíem quins, però n'hi hauria, era la profunda premonició que m'assetjava des de feia temps, era la veu ronca que barbotejava un oracle obscur, antic i incomprensible.

Els assajos de la *Ifigènia* tampoc no eren fàcils, i no trobàvem el deslloriguador del que volíem dur a escena. Ens reuníem, parlàvem, hi havia tensions. La Joana sempre aportava pau, serenor, maduresa; el Jaume feia veure que res no era greu perquè així potser tot semblaria més fàcil; el Carles callava; el Jordi resistia coratjosament els meus embats tot i la processó dura que el mortificava per dintre, i jo em desesperava, insistia, dubtava, feia el que podia per tirar endavant allò en què, més que mai, semblaven confluir la ficció i la vida mateixa.

En aquest sentit, i a mesura que assajàvem, era cada dia més evident que el personatge de la mort desequilibrava el conjunt. Aquell home prim, de cara verdosa i cabells llargs, potser havia adquirit massa importància; era agressiu amb els espectadors perquè els éssers vius el molestaven, especialment els humans, que li limitaven el seu reialme absolut, i jo deia al Carles que s'adrecés directament als espectadors, que els increpés sense por, que els parlés amb menyspreu, amb odi, que per a ell eren únicament petits prometeus ridículs que calia vèncer. Però també calia tenir present que al capdavall els humans eren un malson passatger ja que, segons l'antropòleg Lévi-Strauss, la vida al planeta Terra havia començat sense els humans i acabaria també sense els humans.

I de nit tornaven els malsons que no em deixaven descansar: tota la meva roba s'havia fet espantosament vella, i les úniques peces que encara podia dur eren empolsegades, negres i de difunt. No sabia quina explicació tenia aquest fenomen, però jo m'havia aprimat i tot em venia gran; em veia el primer dia a Tirós, arrossegant dificultosament una maleta enorme que no tenia rodes; em molestaven els ulls i em ballaven pel cap fragments de lectures que no entenia, percepcions tàctils desagradables, temences que segurament m'amoïnaven des de feia temps; hi havia una dona al llit, dormint, i la meva mà li buscava els pits; tothom s'havia posat abrics llargs, foscos, i tant els homes com les dones anaven cofats amb alguna mena o altra de capell negre; entrava en un cafè i només veia primers plans en blanc i negre de les cares dels clients, tots homes vells, excepte una noia jove i profundament trista que em deia: «Ara venen els capellans...». De nit sentia renou de mobles al pis de dalt, veus estranyes, i aquella pilota dura que rebotia contra la paret, i el Núvol que gratava insistentment la terra higiènica. Una altra nit, ja tard, vaig veure baixar per l'escala del pis de Barcelona una veïna ja gran, nua i de pits enormes, que recitava el *Chant d'Automne* de Baudelaire:

Adieu, vive clarté de nos étés courts !
J'entends déjà tomber avec des chocs funèbres
Le bois retentissant sur le pavé des cours.

Quan vam començar a tenir clars els moviments de la gran deessa gegant de colors, quan Clitemnestra ja era una ombra que creuava lentament l'escena amb la *berceuse* de *L'Oiseau de Feu* de Stravinsky, quan les nines sense cap es movien soles i enjogassades, quan la vella plantava cara al poder del rei Agamèmnon, quan aquest i el seu replicant es passaven libidinosament l'un a l'altre les menors indefenses per divertir-se i usar-les impunement, quan la mort era al bell mig dels esdeveniments imposant el seu reialme, vam començar a veure que, agradés o no agradés, aquell espectacle tenia sentit. No que estigués bé o malament, però hi havíem suat sang i tenia sentit.

A l'entrada d'aquell estiu i a causa de la feina, encara no havíem anat a Tirós, tret de dues escapades curtes de mitjos caps de setmana durant els quals el Núvol es va quedar sol a Barcelona. Ja no duia la campana de plàstic transparent, i precisament per això em feia por que es gratés una altra vegada allà on sovint li apareixia el mal. I tot va tornar a ser com els primers mesos de tenir-lo a casa: neguits inconcrets i exagerats, témer que trenqués alguna cosa involuntàriament i es fes mal, que es quedés sense aigua i sense menjar, que emmalaltís greument i de manera irreversible, que aconseguís el que era evidentment impossible: saltar des del tercer pis al pati interior i escapolir-se pels carrers de la ciutat boja on l'assetjarien milers de persones furioses i atabalades que ni el veurien, i vehicles agressius, cotxes sorollosos, autobusos, camions, tramvies, bicicletes, motos...

Quedava clar que eren els antics deliris que tornaven insidiosament, però tenien un batec diferent: abans, els primers temps de tenir el Núvol, aquestes cabòries derivaven del nostre desconeixement i es resolien així que els fets ens demostraven que estàvem equivocats. En canvi, en el moment de la malaltia, quan preparàvem l'obra de teatre, em mortificava la mala consciència de no ocupar-me prou del Núvol, de no tenir prou cura de la meva mare, el patiment d'adonar-me que substituïa les obligacions per la culpa, i sentia com es gruava una situació nova, convençut que res no seria mai més com fins aleshores, que una dissort sense precedents i de què jo era responsable, m'amenaçava...

Quan érem a Tirós sopàvem amb amics, passejàvem pels camins de ronda que duien a les platges, esmorzàvem a la terrassa... Notaves el sol a la pell com un pessigolleig, el cel era net, els dies encara eren llargs. Al jardí, em vaig asseure una estona a l'ombra del prunus, amb els ulls tancats, i vaig veure imatges d'una pel·lícula accelerada o d'una obra de teatre impossible en què se succeïssin un accident greu i caòtic a l'aeroport, incendis, explosions, sirenes, parabrises tacats de sang, persistents i inútils anades i vingudes de milions de persones que corrien, que es precipitaven als trens i als cotxes, constants i obligades visites al tanatori, nadons rebuts amb una falsa alegria, la tossuda pressió de l'actualitat que per aquesta única raó havíem de tractar com si fos important... No hi havia manera d'estar tranquil, els fets més insignificants esdevenien crucials i se m'imposaven vertiginosament i sense aturador.

Sempre tenia moments de pànic abans d'una estrena, sempre estava nerviós i tens, sempre em tenallava una por irracional, sempre veia vells que ploraven de nit, arbres que es congelaven i morien de fred, la cartolina que ens invitava a l'estrena era aterridora, una sorollosa festa al carrer, espetecs nocturns de focs artificials exagerats i bombes de paper que s'alçaven cap al firmament com lluminàries acolorides i després esclataven, una dona comprant-se unes sabates verdes, algú seia a la butaca del dentista i es negava a obrir la boca, mil maneres de donar-se la mà... Els somnis eren sempre en blanc i negre, com si formessin part del passat, però de sobte passaven a ser de colors i veia somriure una noia boja amb els llavis massa pintats de vermell, o es produïa una grandiosa esllavissada de fang rogenc que colgava pobles sencers; algú es disparava un tret al cap i tacava la paret de sang; un cardenal reia i mostrava una boca horrible, sense dents; una nena corria desesperadament amb les mans alçades; homes i dones penjats pel coll; passaven, alegres, els convidats a un casament, la núvia era feliç amb el vestit llarg i blanc; vaixells de camí a l'Antàrtida que sotsobraven en l'aterridor pas de Drake, i després Poe: la mar quieta i silenciosa, els bellíssims icebergs blaus i blancs, la visió plàcida d'aquelles terres negres emergint de la blancor enlluernadora de la neu i el gel... Quan al jardí m'arribava l'airet perfumat de gessamí, obria un moment els ulls. M'havia adormit i veia l'infern.

—Ja és el darrer dia —em deia un oriol groc i negre des d'un arbre—, ja és el darrer dia...

I així passaven les setmanes, i sense adonar-nos-en va venir l'estrena i la veritat és que tot va sortir força bé. I, després, la sensació agredolça de sempre, d'haver fet un esforç enorme per no gaire res.

Una setmana més tard ens vam instal·lar a Tirós. Estava previst que el Núvol i jo ens hi quedéssim fins i tot el mes de setembre, tal com havíem fet durant anys. I jo els matins passejava pels camins que s'enfilaven pels turons suaus i passava a prop de les vinyes i per l'olorós bosquet de pins que em duia directament al carrer dels Pedrissos del poble veí. De vegades preferia remuntar el riu per un senderol que se'n deia dels horts, i gairebé sempre m'aturava un moment per valorar amb admiració la feinada enorme que suposa treballar la terra.

I l'estiu va acabar de passar en un no res: algun matí a la platja, escapades breus a França, sopars amb coneguts, i les setmanes prèvies a la tardor que van ser tan agradables. Sense que fes realment falta, de bon matí encenia l'estufa de llenya a la cuina, i després treballava a l'estudi fins a l'hora de dinar. Les tardes les dedicava a llegir i a prendre un té de bergamota. Bàsicament rellegia Marguerite Duras, i recordo com em va captivar *La vie tranquille*, el text del 1944 que l'autora havia dedicat a la seva mare i en què Françou viu fascinada fins al desig pel seu germà Nicolas. Però apareix Tiène i tot canvia perquè ella descobreix una altra mena d'amor, un amor més sa, menys tèrbol que l'incest, amb enamorament, desig i sexe. Però, el que compta a la novel·la —una novel·la primerenca en què tanmateix hi batega tot el que Duras farà després— és la vida al camp, on aparentment no passa res, l'avorriment de la jove Françou, les intuïcions i les pròpies emocions que no acaba d'entendre... «Ce qui est passé et ce qui arrivera est enfoui dans la mer qui danse, danse, en ce moment, au-delà de tout passé, de tout avenir». Els personatges viuen en una calma que en el fons té molt de latència, una latència mortal que es manifesta més clarament en tancar cada part del llibre. I jo em demanava com era possible que aquella bruixa borratxa escrivís amb tanta intensitat: «dans la mer qui danse, danse...». S'ha de tenir un talent immens per escriure això: «dans la mer qui danse, danse..., dans la mer qui danse, danse...».

També ens va visitar un amic de Barcelona, i, mentre parlàvem asseguts al jardí, el Núvol ens escoltava; ens referíem a determinats coneguts comuns, com per exemple la petita dona boja que de primer ens havia semblat únicament lirona i que amb el temps va mostrar tota la seva capacitat de fer mal inútilment, perquè sí, sense cap altra raó que satisfer la seva estupidesa envejosa i la seva ignorància sense fons.

—Se li veia als ulls, que era boja...

—I en la manera nerviosa de moure's i de parlar. —I el Núvol ens seguia alternativament amb la mirada, ara l'un i després l'altre.

M'agradava, aquella combinació de feina, lectura i lleure després d'haver fet tant esforç per alçar una proposta teatral. El programa de les classes del proper curs no era urgent, hi podia pensar en calma, podia revisar algunes lectures més endavant i aleshores abandonar-me en la peresa. Naturalment la Duras tenia raó en escriure «mais je ne suis sûre de rien au fond», a mi estar insegur em semblava perfectament normal, saludable, i veia determinades certeses més aviat com impostures. I també em semblava que era precisament la vida en el petit poble fora del període de vacances el que feia possible aquella mena de benanança que, tanmateix, es podia estroncar de sobte. «Il faisait noir, une nuit d'octobre, fraîche d'orage».

6

A finals d'un mes d'octubre va aparèixer una altra vegada aquella maleïda cosa a la pell del Núvol i vaig acceptar, amb una tristor profunda i devastadora, que érem en un punt sense retorn. Vam baixar de seguida a Barcelona per dur-lo a una nova clínica veterinària. Hi vam anar junts la Gemma i jo, i, després d'una llarga espera asseguts en uns espantosos bancs de plàstic blaus que no oblidaré mai, ens van confirmar que es tractava d'un procés cancerós, que no se'l podia operar ni tractar de cap manera, que si intentàvem alguna mena d'intervenció seria del tot incerta i ell patiria inútilment. I, amb això, es van concretar les meves pitjors sospites, les intuïcions que no volia admetre i les pors que m'amagava des de feia temps, i de sobte tenien una explicació lògica tots els dubtes, els recels i els neguits, i es feia evident allò de què no volia parlar.

A la clínica també ens van dir, tot oferint-nos un estrany consol, que el Núvol era jove, que sense aquella contrarietat podria haver viscut força anys més, que segurament ja sabíem que els siamesos podien tenir problemes als ulls i a la pell, que segons com també els fallaven els ronyons... Sí que ho sabíem. I sabia que la reiterada aparició de la nafra no augurava res de bo. Li donarien novament cortisona perquè no patís, però en algun moment hauríem de prendre la decisió d'ajudar-lo a fer el traspàs.

Vaig agrair que m'ho expliquessin així, sense usar el terme sacrifici, que temia des de feia temps, que se'm feia insuportable i que trobava ofensiu i brut. I vam tornar a casa desfets. Ell duia una altra vegada la maleïda campana transparent, es queixava de la incomoditat amb miols petits, i jo em demanava què passaria, quan es començaria a trobar malament, quins símptomes farien evident el final, com viuríem allò que no volíem pensar... Com que s'apropava la data en què s'acabava el contracte de la rectoria, estàvem lògicament preocupats. Ells no contestaven res concret, tot ho havia d'estudiar una comissió, ja ens dirien el què... Però el martiri s'allargassava cruelment, amb una claríssima actitud especulativa.

Jo no estava segur de res, com la Duras, però estava espantosament convençut que no hauria d'haver posat al Núvol aquelles gotes tòxiques per evitar els paràsits, que no ho hauria d'haver fet mai, i el mot *mai* adquiria clarament la seva infinitud i em duia a haver d'admetre que en el fons li posava aquella metzina per estar tranquil, tot i saber què era, i no servia de res fer veure que no m'havien advertit prou de les contraindicacions. Tot això era mentida, era jo qui l'havia empès al final, diguem que sense voler, innocentment.

Em costava dormir, i, conscient que no era del tot despert, em deia sovint que des del primer moment de tenir el Núvol a casa hi va haver senyals inequívocs dels meus errors: la llet que el feia vomitar, deixar-lo sol als baixos de la rectoria durant tota la setmana, impedir que sortís al carrer, haver-lo esterilitzat, permetre que s'engreixés més del compte, després tancar-lo al pis de Barcelona, amenaçar-lo i agredir-lo, estimar-lo bojament i que alhora em fes tanta nosa... Tota aquesta violència explícita o la que només era una lleu inquietud, jo l'exercia sobre una criatura benèvola, dolça i amable, sense maldat, fidel, tendra i generosa. I els retrets es barrejaven amb frases de la Duras que acabava de rellegir: «le chien aboie parce qu'on joue avec lui...». La gran borratxa també em tenia el cor robat, puta, i no únicament per aquell llibre. La tenia present a *Écrire*, on diu: «Per què no fer una pel·lícula d'allò que és desconegut, encara desconegut?». Sí, aprofundir el que no sabem, aprofundir la perplexitat i la ignorància. «Fer una pel·lícula d'allò que és desconegut... Fer una pel·lícula d'allò que és desonegut...».

Em regirava al llit, finalment m'adormia, notava l'escalfor del Núvol als peus, ell no sabia res del seu mal, semblava tranquil, i jo em deia que quan arribés l'hora hauríem après molt de la seva economia de moviments, del seu control dels espais, de la seva serenor, i em demanava obsessivament com serien les etapes que ens quedaven per viure junts, i evocava una altra vegada la nit terrible en què l'hauria matat a cops perquè ens mossegava els dits dels peus i no ens deixava descansar.

Hores més tard m'adonava que demanar-me contínuament com seria el final era dissimular, era una altra mentida, era un plantejament inconcret, evasiu, massa literari, i en el fons ben poc subtil. En canvi ell era entendridor quan em saludava amb petits miols de la butaca de l'estudi estant o quan venia a tocar-me una cama perquè li fes moixaines. Ens coneixíem molt; ell em coneixia molt a mi.

—Peses, Núvol —li deia de vegades quan deixava anar el seu cos a les meves cames, i ell feia veure que no em sentia, i la Duras em mormola «cada dia, em podria morir, però no em moro mai...».

L'estimava tant, tant... L'estimava amb bogeria.

A Barcelona, abans de marxar a fer les classes me'l mirava amb tendresa: rodanxó, de pelatge beix i marronós, aquells ulls clars, sensibles, humans, que em parlaven. De genolls al seu davant, i mirant-lo fit a fit, agafant-li les extremitats del davant, li deia que no passava res...

—Amor meu, no passa res, estàs bé, això ho superarem, faré tot el que calgui, m'he barallat amb aquest Déu maleït que ho embruteix tot, i vull que et traspassi anys de la meva vida, sé que trobarem la manera de superar aquest tràngol. Tu no pateixis, estigues tranquil.

Li somreia i l'acariciava amb una profundíssima i amarga tristor que m'impedia de plorar, li mirava la ferida, l'hi desinfectava i li donava la cortisona perquè ens havien dit que era el millor que podíem fer. Jo no el veia tan malament, i ell, assegut a la butaca, amb la campana de plàstic a què s'havia acostumat força, i observant-me, semblava efectivament tranquil.

—Et portaràs bé, oi Núvol? —li demanava, i ell em responia que sí amb un petit miol. I jo marxava de casa amb el cor encongit, amb ganes de deixar-ho tot per ser al seu costat.

A l'aula, i mentre esperava que arribessin els estudiants, em demanava de nou com era possible que aquella ferida al clatell s'hagués complicat tant. Segons el veterinari, casos així es produïen per una acumulació de factors biològics, d'incidències externes i mil variables algunes de les quals eren desconegudes. Quan ens ho comentava tot semblava lògic, raonable, tranquil·litzador, però en el fons jo veia que els arguments d'aquell jove veterinari no eren suficients, que els faltava alguna cosa essencial; l'entenia, valorava l'esforç que feia per ser clar, però això no esvaïa els meus dubtes, no tranquil·litzava la meva certesa, ni em permetia determinar la raó última del mal.

—No hi ha raons o causes precises —reiterava ell—. Mai no sabem del tot per què ens posem malalts. Ni els animals ni les persones.

Tenia raó, però a mi em desesperava no poder aturar el temps o fer-lo recular; tampoc no podia rectificar res del que havia fet ni allò en què clarament m'havia equivocat, i aquesta evidència em duia a fer-me més preguntes que en el fons eren únicament retòriques i una mica morboses i tot. Em preguntava una vegada més, per exemple, quant de temps ens quedava, o bé en quin moment precís de quin dia concret i de quina manera hauríem de prendre la decisió, i quin seria el pas següent, o com viuríem la darrera carícia el Núvol i jo, o quan sentiríem el seu darrer miol, si hauríem de llençar tots els seus atuells o no...

El veterinari ens havia aconsellat no pensar en aquests detalls, deia que tot s'aniria desenvolupant sobre la marxa i d'una manera natural. I jo volia plorar, però no podia. Ja he dit que al Núvol li donava sincerament una part de la meva vida, i em concentrava en la idea de fer-li una transferència de temps. Bergson, potser Bergson té la solució, em deia. Hi ha dues maneres de saber una cosa, assegura Bergson. «La primera implica que donem voltes a aquesta cosa; la segona, que hi entrem». I també comenta que malgrat l'escruixidora grandiositat de les concepcions generals i de les grans paraules, cal tenir en compte que tot s'esfondra com un castell de cartes així que un fet, un sol fet, «xoca amb aquestes concepcions i aquests raonaments».

Pensava en tot això de manera constant, arreu, i en les situacions més diverses, i en alguna ocasió forçava mentalment la presència del Núvol en la meva vida quotidiana, a l'autobús, a les classes, a l'editorial, al diari, durant les reunions, quan havia d'anar al teatre... I aquesta maquinació em duia a un estat emotiu que m'impedia d'entendre què deien aquells actors amics que feien no sabia quina obra. Sentia les seves veus, percebia la cadència adequada dels versos ben dits, gens emfàtics, m'adonava que la música suau acompanyava els cossos mentre canviava la il·luminació... Però no entenia el conjunt, notava un bloqueig de comprensió, i m'enganyava dient-me de nou que el Núvol no estava pas tan malament, que potser el veterinari s'havia equivocat, que calia esperar, que ell també esperava, que el món sencer esperava.

A casa, quan en parlàvem sense que ell ens sentís, admetíem que no érem els primers a perdre un gat, que no érem els primers que estimàvem un animal domèstic, que tampoc no érem els primers que davant d'una situació similar no sabíem què fer, que no érem els primers en res de tot això, però que era la primera vegada que *nosaltres* vivíem la por de perdre una vida jove, una vida que estava a les nostres mans; era la primera vegada que teníem la capacitat legal de matar, i tant era si aquella mort es deia eutanàsia o sacrifici per evitar-li al Núvol uns patiments inútils. Era matar.

—No s'acabarà mai —se'm va escapar un dia.

I, certament, la malaltia del Núvol era claustrofòbica, ens imposava restriccions, no disposàvem del temps com abans, i marxar de tant en tant un cap de setmana a Tirós s'havia convertit en una heroïcitat gairebé impossible. Si finalment hi anàvem per mirar de fer el que en dèiem la vida normal, ens sentíem culpables, hi estàvem incòmodes i tornàvem de seguida a Barcelona. L'absència del Núvol al poble encara el feia més present, i també era més lògic que abans témer que mentre érem fora de casa es produís un accident, que vomités i anés amb la campana bruta fins que nosaltres tornéssim, que aconseguís de treure's aquell protector i es toqués la ferida...

I vam entrar de ple a la tardor i després a l'hivern. Una altra vegada la roda del temps... Ja fresquejava, no sabies quina roba posar-te, els carrers eren plens de fulles daurades que el vent amuntegava, va plovisquejar quatre dies seguits i les fulles es van podrir, la majoria de matins dominava la grisor però alguna tarda lluïa una mica de sol... Em llevava d'hora, quan encara era fosc, i sortia a explorar la ciutat i el Núvol es quedava al llit amb la Gemma. Jo volia treballar però no aconseguia passar de la pàgina setanta. Reculava, revisava, reescrivia, i un malfat imposava que l'endemà hagués de refer els últims paràgrafs una altra vegada i tornava a la pàgina seixanta-set. Aquell bloqueig fins i tot em feia gràcia i ho vaig comentar a uns coneguts:

—He topat amb la pàgina setanta —els deia, i ells no acabaven d'entendre què volia dir.

Però m'esforçava a escriure i el Núvol em feia companyia assegut a la butaca, amb aquella gran campana transparent. Ja no baixava tant a tocar la meva cama, però jo em girava sovint a mirar-lo i el veia tranquil, tot i que en el fons dels seus ulls clars hi endevinava una fatiga nova, una mena d'interrogant que no li havia vist mai. Llavors m'ajupia i l'acaronava tot preguntant-li com es trobava, si li feia mal res, què podia fer perquè estigués bé... Ell em tornava la mirada, jo sabia perfectament que no em podia respondre, però tenia el convenciment que m'entenia, que res d'allò no era inútil, que tenia tot el sentit del món parlar-li, i notava que ell m'ho agraïa. Era el meu amic, sincerament jo notava que en aquell moment era el meu amic, un ésser estimat que se n'anava, algú a qui no oblidaria mai, que seria amb mi fins al darrer moment de la meva vida i a qui havia d'acompanyar tant com em fos possible en aquella etapa.

—No em deixis, Núvol —li vaig dir una tarda mentre l'acariciava. S'havia aprimat, i li vaig repetir que no em deixés. I ell em mirava.

Era evident que havia de fer esforços per baixar de la butaca i apropar-se a l'atuell del pinso. Li vam comprar un menjar molt tou que era per a gats malalts, amb un complement vitamínic i de nutrients que li havia de donar més energia, però ell mastegava els grans a poc a poc, amb desgana; de vegades s'aturava per mirar-me, com si estigués cansat, i jo li deia, Núvol menja una mica més, i ell semblava que m'entenia i mastegava amb parsimònia. Bevia molta aigua, feia les seves necessitats i ho netejava tot amb cura, com sempre, però en general anava més lent que abans. Quan estava llest es girava a poc a poc i tornava al sofà, però li costava enfilar-s'hi, i jo em deia que no era tant per la fluixesa física com per la condemnada campana que no li permetia de fer els moviments necessaris. I l'ajudava.

De fet, cada dia estava una mica pitjor, però també era veritat que tenia alts i baixos, i que alguna nit es reviscolava prou per anar al passadís. Ja no hi corria com abans, només caminava, s'aturava a olorar l'entrada de la cuina i treia el cap a l'estudi de la Gemma. Era com si s'hagués imposat l'obligació de fer aquella gimnàstica, un exercici de voluntat a què no volia renunciar perquè l'ajudava a sobreviure.

Quan venia la meva mare s'asseien l'un al costat de l'altra i ella es passava hores acaronant-lo, sense dir-li res, únicament fent-li companyia; era colpidor veure'ls junts, en silenci. La meva filla també preguntava sovint pel Núvol, i jo li deia que estava bé, que anava fent, i alguns amics com el Jaume de la Júlia i l'Aurora també s'interessaven sovint per ell.

Aquells dies difícils la Gemma i jo vam recordar anècdotes del Núvol relacionades amb l'Aurora, i també vam comentar la primera vegada que el vam veure enfilat a una teulada; ell ens va mirar i ens va enviar un parell de miols, com si volgués remarcar la seva proesa; ens volia dir que era exactament igual als altres gats i que saltant d'una casa a l'altra podia baixar fins al pati de l'església. O aquell altre dia d'estiu que intentava sortir del jardí passant per la tanca d'heures i es va quedar travat entre un garbuix d'arrels i filferros: no podia tirar endavant i tampoc no li era possible recular. Per sort, nosaltres érem al jardí i, procurant de no fer-li mal, vam separar les branques perquè acabés de passar. I també recordàvem els comentaris elogiosos dels avis del casal, que s'havien acostumat que els fes una estona de companyia:

—És un gat molt intel·ligent —deien.

Aquell hivern vam fer tot el possible per no deixar-lo sol. Canviàvem horaris, pactàvem torns, li vigilàvem les caques i la quantitat de pinso que menjava, li canviàvem sovint l'aigua perquè sempre la tingués el més neta i fresca possible, li donàvem la medicació i li desinfectàvem la ferida... Jo, que passava més hores amb ell, hauria jurat que no sentia cap mena de dolor, però en canvi li notava l'afebliment general que deia i una mena de tristor profunda; alhora, era remarcable la tossuda voluntat d'esforçar-se tant com podia amb el menjar, la neteja del terrer i les lentes passejades nocturnes pel passadís. Tot això ho va fer gairebé fins al darrer dia.

Una nit es va acabar un dels medicaments que prenia i vaig sortir a buscar la farmàcia de torn. No tenien aquell específic, i no el podien tenir fins a l'endemà. A mi em semblava que allò era impossible, i, molt neguitós, vaig preguntar què podíem fer per obtenir-lo abans. No ho sabien, i van telefonar a altres farmàcies per si em podien ajudar; tampoc no tenien aquell producte ni sabien on el podia trobar a aquelles hores. Jo els vaig explicar de què es tractava, per a qui era i fins a quin punt em semblava que era urgent i necessari.

—Miri a la clínica on l'hi han receptat —em va dir una farmacèutica a la una de la matinada, i em va semblar una bona idea que no se'ns havia acudit.

Vaig agafar un taxi, però a la clínica únicament hi havia una noia jove que estava de guàrdia i que, segons em va dir, no estava autoritzada a vendre medicament. Li vaig pregar que telefonés a algú que ens pogués resoldre aquell problema.

—Però són quarts de dues de la matinada —va fer ella—. No sé si...

—Per favor —li vaig dir—. Em disculparé tantes vegades com faci falta.

Es va tancar al despatx, i, a través dels vidres, la vaig veure parlar per telèfon. Tenia uns papers a les mans, gesticulava, de tant en tant em mirava i sembla explicar fins a quin punt estava amoïnat.

En sortir del despatx em va donar unes dosis d'aquell medicament i em va dir que ja els hi tornaria, que no me'l podia vendre. Li vaig agrair el que feia, em vaig disculpar per la insistència i vaig sortir eufòric de la clínica, que era més enllà del pont de Vallcarca. En ser al carrer vaig constatar que a aquella hora no passaven taxis per aquella zona i vaig trobar estúpid no haver-li dit al taxista anterior que m'esperés. Vaig telefonar a un servei de taxis però em van dir que trigarien mitja hora llarga, i vaig decidir d'anar fins al pont caminant, per guanyar temps. Caminava de pressa, en silenci, sol, per uns carrers amb poca llum. Feia fred, no m'havia abrigat prou, i veia el pont a la dreta, encara lluny. Duia el medicament a la mà, com si fos un tresor, i em feia pànic de perdre'l.

Després em vaig adonar que el carrer per on anava no baixava recte, sinó que feia un amplíssim revolt que em va descoratjar fins al punt de sentir que defallia perquè era realment molt tard. Caminava mirant de reüll al meu voltant; no passaven cotxes, no veia ningú, la ciutat dormia, totes les finestres eren tancades, a les fosques, el silenci era absolut, i semblava allunyar-me de les cases i del pont que tanmateix veia nítidament al fons. Tampoc no sabia si aquella zona era segura, trobava absurd que haguessin instal·lat una clínica veterinària tan lluny, i em deia que creuat el pont trobaria de seguida un taxi.

Avançava per aquell revolt infinit, però el temps semblava haver-se aturat i era com si jo caminés més lentament que abans. Ja he dit que tenia fred, però suava. Em podia haver desat el medicament a la butxaca però el duia obsessivament a la mà. I em vaig dir que potser seria més fàcil tornar a casa volant, tal com feia en els somnis; perquè en els somnis em podia elevar i creuava la ciutat en un moment. En canvi aquella nit em pesaven els peus i no em podia treure el Nuvolet del cap, tenia el medicament, calia arribar a casa el més ràpidament possible, donar-li aquell remei miraculós i que ell no patís. Tal com m'havia dit la noia de la clínica, en un altre moment hauria de comprar el medicament i tornar-los-hi, però ho faria de dia, no tenia sentit fer-ho de nit i haver de caminar una altra vegada per aquell revolt, tret que m'hi obliguessin perquè el control de farmàcia diferenciés entre el torn de nit i el torn de dia, cosa que era evidentment absurda. I llavors se m'acudia que hi aniria amb taxi i el faria esperar per no haver de repetir la caminada.

De sobte em vaig adonar que el revolt s'eixamplava encara més, que el pont quedava més lluny, i vaig témer haver-me equivocat de sentit. ¿I si m'estava allunyant d'aquell pont en comptes d'apropar-m'hi?, em demanava. Però no em volia aturar, em deia que la sensació d'allunyament només era òptica, i em repetia que quan tornés a la clínica ho faria amb taxi; potser hi aniria amb el Núvol, si es trobava millor. Seria de dia o de nit? Potser el Núvol i jo hi aniríem volant, sí, el duria abraçat i volaríem, volaríem, volaríem.

7

Dies després el Núvol ja no podia baixar de la butaca. Era com si no gosés de fer aquell petit salt fins a terra, dubtava, no s'acabava de decidir, i jo l'ajudava. Aleshores s'atansava a la bacina de l'aigua i buscava la millor posició possible per beure'n. De tant en tant em mirava interrogativament, després continuava bevent, em tornava a mirar, olorava el pinso, en rosegava amb desgana un o dos grans dels més tous, dubtava si tornar a beure més aigua o no... Venia al meu costat, s'aturava un moment, i, sense dir-me res, se n'anava lentament cap al passadís.

Un altre canvi significatiu va ser el lloc on dormia. Com que ja no podia pujar al llit, se n'anava al jaç i s'hi instal·lava de manera que ens podia veure si érem a la sala. Quan ja érem al llit canviava una mica de posició i també ens observava en silenci. Pràcticament no miolava, l'antiga varietat de marrameus s'havia reduït pràcticament a no res, i quan li parlàvem es limitava a mirar-nos amb els ulls amortits i tristos.

Té raó Maeterlinck quan comenta que «no és pas l'arribada de la mort, és la partida de la vida el que és terrible». I, tot i que sembla una evidència, afegeix: «No és pas la mort que ataca la vida; és la vida que resisteix insultantment a la mort». Amb això l'autor belga ens planteja que la vida és central, que es resisteix amb força a qui nosaltres considerem una intrusa. Maeterlinck celebra la vida, doncs, i, de fet, en general és veritat que tenim una considerable capacitat de resiliència i no volem morir. Temem la forastera perquè és enemiga de la diminuta papallona blava i de la fresca llimonera que volen enjogassades pel jardí, i ens fa por perquè també és enemiga dels boscos que a l'hivern exhalen aromes de terra i de molsa humida, on els arbres s'agiten lleument amb el fred de la nit o que els estius es bressolen mandrosos amb l'oreig tebi del migdia. Són igualment vida la remor persistent i pausada de les onades, el fragor de la tempesta, la tebior dels cossos estimats, el moviment, l'energia i la fatiga. Tanmateix, si bé és veritat que en termes absoluts no té gaire importància que el nostre planeta es faci miques en una explosió còsmicament insignificant, que difícil se'ns fa quan el comiat és proper, lent i feixuc.

Amb el Núvol va passar això, que tot evolucionà lentament, tan lentament que no ho vam entendre fins que ja érem molt enllà. D'una banda perquè durant mesos ens vam negar a admetre que no hi hagués cap solució, cosa que ens duia a continuar fent la vida gairebé normal, i de l'altra, sense dir-nos-ho, perquè havíem decidit que el Núvol estigués amb nosaltres tant com fos possible, encara que això acabés resultant esgotador i insuportable. I jo, que sempre anava atabalat de feina, vaig descobrir que podia passar hores amb ell, observant-lo i parlant-hi. Li preguntava com estava, ell em mirava, seriós, i jo li netejava els ulls amb cura, cosa que ell no podia fer per la maleïda campana; els tancava un moment, i, immòbil, s'ho deixava fer tot. En haver acabat li comentava que estava molt guapo amb els ulls nets, i li agafava una de les potes del davant.

—T'estimo, Núvol —li tornava a dir, i ell em mirava.

Tenia el nas fosc, diminut, i encara fresc. M'escoltava, però alguna cosa havia variat amb relació als darrers temps. Abans li percebies lleus senyals d'impaciència, de seguida es distreia i notaves que havia de fer esforços per no saltar de la butaca. En canvi, de la malaltia ençà el que li veia als ulls era lassitud i fatiga. Ell es deixava acariciar, m'escoltava, però jo no aconseguia d'atreure'l. I em vaig adonar que ja era en un domini diferent, que ja era en un altre espai, que habitava un món encara més inaccessible que l'anterior, un món que, tal com m'havia dit un amic feia anys, tenia les portes obertes i et permetia entrellucar-ne l'interior, però no aconseguies d'arribar-hi.

Quan es quedava adormit m'inquietava el panteix accelerat que tenia i que a estones no mogués gens les parpelles; de tant en tant estirava les extremitats del darrere per acomodar-se millor, però ja no feia els llargs badalls que tant el relaxaven. Amb tot, era quan ell dormia que es revifava la meva il·lusòria confiança en el futur: el Núvol es curarà, em deia a mi mateix sense gaire convenciment, la ferida se li anirà cicatritzant, el podran operar sense cap risc, el diagnòstic dels veterinaris és equivocat, l'al·lèrgia provocada per les gotes contra els paràsits no li podia haver causat res tan greu, la força de la meva ment s'imposaria al seu mal... Tot era mentida, una autosuggestió per no aturar-me i acceptar allò que s'estava esdevenint a càmera lenta: que el Núvol entrava en la quietud i el silenci.

Nosaltres el vigilàvem, teníem tota la cura del món per tal que no li faltés res, però havíem d'anar a les feines respectives, de tant en tant tocava teatre, ens visitaven uns amics estrangers i els havíem d'atendre, els coneguts ens preguntaven com estava el gat, els contestàvem que anava fent, els vespres posàvem una pel·lícula a la tele per distreure'ns, res que fos trist, res que fos massa transcendent, res que ens fes pensar en res. Naturalment, quan érem fora de casa patíem per ell, i, si l'un era a casa l'altre telefonava per saber com anava tot, i les respostes eren sempre breus, tot està igual, el veig tranquil...

Fora de casa el pas del temps també s'havia alentit, i, per exemple, resoldre un tràmit qualsevol va esdevenir perdre'ns en moments que es dilataven i s'expandien; tot era parsimoniós, tothom s'entretenia en coses insignificants, tot durava infinitament més que abans. A la botiga dels mocadors, una senyora elegant i de mitjana edat s'emprovava uns guants amb tota la calma: uns de pell, uns altres de llana, els de color clar, els foscos, uns de vermells que la feien semblar la Cruella de Vil... La dependenta no semblava neguitosa per l'evidència que altres clients esperàvem el nostre torn. L'autobús no venia, deien que duia retard, i, quan finalment arribava, era evident que circulava a poc a poc, i quan s'obrien les portes la gent mateixa semblava baixar amb una prudència extrema, per por: s'agafaven a les barres laterals, mesuraven la distància de la vorera, no es deixaven anar fins que el peu els tocava a terra... Tampoc no es posaven a caminar de seguida, es quedaven un moment indecisos, desconcertats, fins que movien un braç molt lentament i decantaven el cos de manera imperceptible en la direcció que triaven. Tot era irreal, i tothom s'adaptava a aquest temps nou i fals.

El Núvol tampoc no es podia enfilar a la cadira per mirar a través de la vidriera, ni gratava la terra amb l'energia d'abans, i, tal com he dit, era pertorbador constatar com s'esforçava a rosegar amb desgana el pinso tou que li compràvem. Volia menjar, volia viure, però el veterinari ens deia que ja no podíem esperar gaire més, que estava a les nostres mans decidir quan seria el moment. I aquest moment era el que volíem evitar, era el que retardàvem i allò que no volíem admetre ni sabíem com arribar-hi.

—Com ho farem? —em demanava jo contínuament, mentre ell ens mirava.

No sabia quan hauria de fer què, i l'únic límit clar era que el Núvol no patís, però ni la Gemma ni jo no sabíem de quina mena de patiment parlàvem. L'alentiment, les limitacions físiques, les dificultats per menjar i per caminar, la impossibilitat de baixar o de pujar al sofà, la respiració accelerada, i la dependència real que ja tenia, la fatiga profunda, no eren un patiment?

Més endavant el Núvol només mig tapava les caques, cosa que abans no havia passat mai. Una nit va embrutar la campana i el sofà de vòmit, en sortir del jaç s'entrebancava i semblava que queia. No sabíem com ho vivia ell, però a nosaltres aquella situació ens deixava atuïts, desconcertats, i ens semblava que per covardia érem novament injustos amb ell i no gosàvem planificar res. De tota manera cada dia era més evident que no el podíem deixar sol. Donar-li la cortisona líquida a la boca tampoc no era fàcil, s'hi resistia, tenia arcades, a la ferida no l'hi podíem fer gran cosa: desinfectar-la, constatar que no es curava, vigilar-l'hi i parlar-ne amb el veterinari per telèfon.

Aleshores vam canviar de veterinari per no haver d'anar a l'altra punta de la ciutat, i el que era a la vora de casa ens va confirmar que no podíem retardar gaire la decisió, que tot es podia complicar, que a tothom li costava fer aquell pas, que els animals s'estimen molt i que precisament per això havíem de fer el cor fort, per ell, pel Núvol, per tot el que havíem viscut junts, pel que ens havia donat.

Quan vam sortir de la consulta estàvem més perduts que abans d'anar-hi. Enteníem què ens volia dir el veterinari, però aquells circumloquis a mi em feien posar nerviós, i trobava a faltar l'actitud pràctica de la Sandra de Farguells i també la cruesa freda del personal de la clínica de Vallcarca. Necessitàvem solucions, i segurament buscàvem que algú decidís per nosaltres i descarregar-nos d'aquella responsabilitat que ens depassava.

Més tard, a soles, em vaig tornar a plantejar què ens havia dit el nou veterinari: ens havia dit que penséssim en allò que el Núvol ens havia donat. Què m'havia donat, a mi, aquell gat? No sabia què respondre, però segurament hauria d'admetre que amb el Núvol havia descobert una nova manera de sentir les emocions. Sempre m'han fet por les grans paraules, però era un fet evident i concret que l'havia vist créixer, que havia observat l'evolució de la criatura primer diminuta i indefensa que tremolava i després l'animal de formes arrodonides, pelatge net i un caràcter bondadós i ferm. L'havia vist canviar físicament, necessitar tendresa i oferir-ne, ens havia sorprès l'autonomia del seu capteniment, aviat vaig percebre que entre ell i jo s'establia una certa relació... Abans del Núvol era evident que jo havia estimat algunes persones, que les havia estimat, desitjat i abraçat, i en algunes ocasions m'havia sentit perfectament disposat a donar-ho tot per ells o elles, però eren persones, i en canvi el Núvol...

Finalment, un dia el veterinari ens va parlar clar: si no fèiem res, el desenllaç tant podia ser inesperadament breu com una llarga i dura batalla que ho embrutiria tot. Més valia estalviar-nos aquest patiment, deia, però en primer lloc jo havia d'admetre que la malaltia del Núvol no tenia cura, que no hi havia res a fer, que ja érem al capdavall d'aquell camí, i després calia tenir la valentia de trucar a la clínica per posar-nos d'acord amb els detalls, un dia, una hora. I calia tenir clar que nosaltres decidíem per ell, i estar segurs de poder esperar les hores que faltessin, el dia que faltés, potser la nit que faltés, i saber si el volíem entrar a la gàbia o dur-lo al sacrifici a pes de braços, com aquella Ifigènia que havíem fet al teatre, una criatura innocent que en paraules d'Èsquil, reiterem-ho, és occida desesperadament de cap a terra amb una mordassa a la boca amorosa per aturar tot crit imprecatori contra el seu casal... Més endavant el poeta es refereix a la mirada de la noia i diu que, com si volgués parlar, llança del seu ull un tret que fereix de pietat cadascun dels seus sacrificadors.

Com que no sabíem què era més convenient, esperàvem; però mentre esperàvem la vida continuava, i, per exemple, a través de l'Aurora ens arribaven les novetats de Tirós, on no podíem pujar precisament degut a la malaltia del Núvol. Vam saber definitivament que traslladaven mossèn Joan a una altra parròquia; li vam trucar, hi vam parlar força estona, i al llarg de la conversa ens va comentar discretament que la seva mare ja passava dels noranta anys i que no estava gaire bé, però que vivia amb serenitat el fet que Déu se l'enduria aviat. Quan el sentíem parlar d'aquella manera ens semblava que hi havia quatre o cinc mossens diferents: l'un era l'home noble i discret, gairebé tímid, tossut tanmateix en aquelles coses que considerava prioritàries, com ara ajudar els més necessitats; l'altre era el que estava sempre disposat a donar acompanyament i suport a les persones en casos de defuncions, malalties o entrebancs personals, i de fer-ho de cor, sense impostures. El tercer sabia gaudir de les petites satisfaccions d'un dinar, d'una bona conversa, i encara hi havia el que sempre donava suport a les activitats artístiques perquè creia en l'autonomia de l'art, tal com m'havia dit una vegada. Naturalment també hi havia l'home de fe, el clergue que si més no públicament mai no s'oposava a les decisions del bisbat, tot i que de vegades amb una mirada i un petit gest denotava força més que diferències i molta comprensió pel nostre cas. El resum era que no teníem resposta i que aviat hauríem de marxar, que aquella gent volien imposar les seves condicions, que administraven la seva posició de força, que no tenia cap valor el que havíem fet a la casa i al poble, que a ells els semblava que tal com estava la casa els seria fàcil de llogar-la si no cedíem... El poble ho sabia, i l'Eva, l'esposa de l'exalcalde Mateu, amb relació a mossèn Joan deia:

—Si el traslladen, el poble ho notarà molt. Ningú no ha fet tant per Tirós com mossèn Joan.

Un altre Joan, el vell Joan que abans de la guerra havia plantat el gran arbre de la plaça Nova, em va comentar en una ocasió i mig rient, que els bons capellans són pitjors que els altres perquè emmascaren allò que veritablement és l'Església. Potser tenia raó, però a mi, personalment, em semblava que valia més no barrejar les coses.

L'Aurora de vegades es referia escandalitzada a la filla d'una companya de feina que s'havia aparellat amb dos germans marroquins, d'un dels quals devia ser el fill que tenia, o ens comentava que els dos amics alemanys que havien comprat i restaurat una casa a Tirós per fer-ne apartaments havien marxat del poble després d'una baralla apoteòsica. Una filla de l'Eva i el Mateu havia acabat la carrera de farmàcia; l'Àngels del restaurant deia que deixaria el negoci, que aquella aventura li suposava massa feina i pocs beneficis; la Marta, que ens havia ofert el Núvol, també va marxar del poble sense donar explicacions; els del càmping van ampliar les activitats i van donar feina temporal a algunes persones de Tirós; l'exalcalde David es va posar malalt i va estar a l'hospital una bona temporada, vam saber igualment que s'havia produït un altre debat considerable, similar al de les campanes, però ara relacionat amb els contenidors d'escombraries, que de dues ubicacions van passar a tenir-ne només una a l'entrada de baix del poble, cosa que dificultava la vida a les persones grans, especialment a l'hivern, però segons el secretari de l'Ajuntament el canvi no suposava cap problema i tot era acostumar-se a la nova situació.

Estàvem al dia d'aquestes novetats, però el darrer any gairebé no havíem pujat a Tirós, i, per exemple, ens havíem perdut la Festa Major que, a més de la xocolatada del matí i les sardanes del migdia, consistia en l'espectacle musical que preparaven els joves, i l'endemà el ball nocturn a la plaça, que convocava gent dels pobles del voltant perquè a Tirós, d'ençà que ho havia començat a fer el paleta Santi, sempre es contractava una bona orquestrina amb una cantant que, de l'entarimat estant i envoltada de garlandes i bombetes de colors, i il·luminada pels focus, anava proposant a través dels amplificadors un repertori divers de peces de moda i de velles melodies romàntiques pels que volien ballar.

La gent arribava a poc a poc i anaven omplint les cadires plegables que eren al voltant de la plaça. També hi havia un parell de taules llargues on es podien comprar begudes i porcions de pastís. Les criatures i els gossos corrien esverats, els felins havien desaparegut sense excepció, s'havien amagat, i nosaltres recordàvem perfectament que les nits de festa o de revetlla el Núvol també evitava de sortir al carrer i s'estava a la terrassa escoltant de lluny la música i el xivarri.

La nit del ball era extraordinària, a Tirós. A més de les persones dels pobles veïns, hi trobaves mossèn Joan, que sempre hi treia un moment el cap, i barcelonins emparentats amb algú del poble o que feien turisme rural i havien vist el cartell de la Festa. Quan la plaça era plena de gent i d'enrenou, i les primeres parelles es decidien a ballar, els joves es donaven empentes els uns als altres tot rient, fumant i bevent. S'hi feien grupets d'homes i dones que parlaven animadament amb gots de plàstic a les mans, i, més tard, la cantant dedicava alguna cançó a la gent d'edat, o es referia a l'èxit d'una peça concreta que s'havia sentit durant mesos a la televisió, sempre remarcava que hi havia més gent que en altres ocasions.

Nosaltres aquell any no teníem humor per celebrar res, vivíem una mena de dol a l'avançada perquè no sabíem què passava amb la casa i perquè vèiem el Núvol molt desmillorat, prim i sense energia. El pelatge ja no era fi i llustrós com abans, i hi havia dies que tenia el musell tebi. No el volíem perdre, de cap de les maneres volíem que patís, però també era veritat que estàvem cansats i que necessitàvem respirar i sortir de casa. Però no sabíem com resoldre la situació en què ens trobàvem, no gosàvem telefonar al veterinari per dir-li que ja estàvem a punt, que ens havíem decidit, que necessitàvem acabar aquell trànsit. I també passava que, segons com, el Núvol semblava trobar-se una mica millor, com si s'hagués refet, però l'endemà passava tot el dia a la butaca, sense moure's, sense menjar ni beure, mirant-nos.

I també hi havia la cosa pràctica que he dit: quan jo telefonés al veterinari, quan es decidís tot, com duria el Núvol fins a la consulta? Miraria d'encabir-lo a la gàbia? Com ho faria per tornar a casa sol, sense el Núvol estimat? Què passaria amb el seu cos? Què faríem amb els estris que li havíem comprat? Ho llençaríem tot de seguida? La manta de color beix clar que tenia al seu jaç, també la llençaríem? Els baixos del sofà, que era l'única cosa que havia gratat, ens el recordaria contínuament. Cada dia veuríem la taula baixa on ell feia de porter...

Si mai tornàvem a anar a Tirós els records encara serien més punyents: la butaca del coixí vermell a tocar de l'estufa era seva, la terrassa era seva, el jardí era seu, les parets seques per on saltava eren seves, els esvorancs per on travessava l'heura eren seus, la colla de gats que deambulaven pel poble ens hi farien pensar contínuament, quan passéssim per la clínica veterinària de Farguells on treballava la Sandra hi tornaríem a pensar, la sala de l'Ajuntament on els avis jugaven a cartes seria una tortura, les esgarrapades als troncs de les moreres del jardí ens semblarien ferides coents, quan vingués l'Aurora a casa no podríem evitar de pensar en el temps que havia passat sol als baixos de la casa...

El Núvol era al bell mig de la nostra vida; sabíem que amb el temps allò canviaria, que el dolor que començàvem a intuir minvaria i que finalment esvairia, però estàvem igualment convençuts que no el podríem oblidar mai. Ens havia desvetllat emocions desconegudes, ens havia fet veure el món de manera diferent, havíem descobert una relació que abans ignoràvem. Tal com ja he dit, moltes altres persones havien sentit el mateix abans que nosaltres, aquella situació no era pas nova ni singular, tampoc no era el més greu que ens podia esdevenir, però en tot cas i per primera vegada, se'ns imposava l'evidència que aviat el Núvol ja no seria amb nosaltres.

Deixant de banda els records i els neguits pel futur, el que aleshores ens tenia veritablement angoixats era veure que caminava fent tentines, com si estigués a punt de caure, i que la seva renúncia a menjar i a beure era gairebé total; anava lentament on tenia el pinso, l'olorava, em mirava i es girava amb dificultat per tornar a la butaca, on jo l'havia de pujar. Li vam comprar aquella llet que tant li havia agradat els primers temps de ser amb nosaltres, però no la volia; el pernil dolç tampoc no se'l menjava, només l'olorava i semblava que ja en tenia prou o que més aviat li desagradava. D'aigua en bevia poca, molt poc, jo li'n posava a la boca amb un xeringa i ell movia la llengua i semblava que m'ho agraïa. I veure'l tan indefens i tan depenent de nosaltres ens trencava el cor.

—Ara ja no ens enfadem, tu i jo, oi Núvol? —li vaig dir un vespre.

Quan li curava la ferida, quan l'acariciava i li mirava els ulls que havien estat meravellosament blaus, tornava a estar convençut que el Núvol no era un gat, que el Núvol era un amic, el meu amic, que era un ésser estimat, algú molt proper que passava per moments difícils; però també era la celebració, el miracle, el misteri i la força de la vida de què parlava Maeterlinck. I, aleshores, l'evidència que de cap de les maneres jo no li podia transferir una part del meu temps va ser veritablement dolorosa, i em deia a mi mateix que passés el que passés estaria amb ell fins al darrer moment, que l'acompanyaria, que no importaven les hores que li hagués de dedicar ni els esforços o els diners que fessin falta.

Però hi havia les obligacions de la feina, les classes, els alumnes que reclamaven atenció, tenir cura de la casa, les trucades que feia a la meva filla i a la meva mare per saber com estaven i per explicà'ls-hi com estava el Núvol, les tortuoses i inútils converses amb els membres de la fundació darrere la qual s'amagava el bisbat... La Gemma havia d'anar a treballar, calia rentar roba i endreçar-la, teníem hora al dentista, es va espatllar la cisterna del bany i no hi havia manera que el lampista la vingués a arreglar...

Tot es va complicar encara més quan ja no podíem ni donar al Núvol la cortisona a la boca perquè la vomitava. El veterinari ens va receptar unes altres gotes que evitarien que vomités, però era evident que entràvem en una etapa final i que si no prenia la cortisona el seu estat general empitjoraria ràpidament.

Un dia el Núvol es va fer de ventre a la butaca. La Gemma no hi era i em vaig escarrassar a netejar-ho tot perquè ella no s'amoïnés. Va ser un dels moments més difícils perquè el pobre Núvol semblava adonar-se del que havia passat. Gairebé no es podia moure, jo li deia que no es preocupés, que no passava res, que allò no tenia importància, però encara ara em trasbalsa que mentre el netejava li vaig confessar la meva impotència, que m'havia equivocat i no podia fer res per ajudar-lo. Estava davant seu, ajupit, i, com altres vegades, li tenia agafades les potes del davant. Després li vaig dir que tot aniria bé, que dormiria molt, que faria un d'aquells immensos badalls que tant el relaxaven i que així s'alliberaria del mal que tenia al clatell, un mal que era vulgar i lleig, i que s'havia d'eliminar. Ell m'observava, ja no miolava, i només de tant en tant emetia un diminut so gutural que jo no sabia com interpretar.

A les tres de la matinada encara no havia pogut tancar

els ulls i em vaig llevar. Per la vidriera que dona al pati interior vaig veure que únicament hi havia una finestra il·luminada. La Gemma dormia, tot era fosc, en silenci, i tant la casa com el barri sencer semblaven en pau. A fora feia fred, però a casa s'hi estava bé. Vaig anar a veure el Núvol a la butaca. També tenia els ulls oberts, estava quiet, i em va mirar amb una disponibilitat completa i gens ingènua. Vaig seure al seu costat, a terra, i em vaig recolzar a la butaca. No ens vam dir res. Jo plorava d'impotència, desfet, desesperadament. Li vaig passar la mà per la cuixa en què s'havia clavat aquella estella. Potser no era febre, però em va semblar que tenia el cos més calent de l'habitual. Tampoc no sé quanta estona ens vam quedar així. Tot i la dificultat de la campana, ell va mirar de posar-se còmode, però no tancava els ulls. Ja no necessitava explicar-li què sentia per ell ni de quina manera la nostra relació era sincera, ni com havien canviat les coses des que era amb nosaltres. Em semblava que feia mil·lennis que el Núvol i jo vivíem junts, però al cap d'un moment m'adonava que els anys havien passat volant. Tot havia estat fugaç, intens, enganyosament quiet, com el firmament. I aleshores, gairebé a les fosques, només amb la mica de claror que ens arribava de l'exterior, junts, units fraternalment per un lligam invisible i poderós, vaig decidir que havia arribat el moment d'acomiadar-nos. No érem nosaltres qui decidíem, no era jo qui determinava el que es podia fer i el que no es podia fer. Hi havia una guerra amb la intrusa, i era una guerra perduda.

En un dels somnis d'aquells darrers dies vaig tornar a volar. També era de nit, i el Núvol i jo sortíem per la finestra de casa i ens elevàvem per damunt de Barcelona. Des d'aquella altura la ciutat semblava tranquil·la, ordenada, amb els pilots vermells dels vehicles desplaçant-se lentament. I vam decidir que volíem anar lluny, cap al nord-oest, a Groenlàndia, i vam sobrevolar una part d'Europa, després Islàndia, les terres de la gran glacera del parc nacional de Vatnajökull, els gruixos de gel blavós i els llacs assossegats... I, sense saber com, de sobte sobrevolàvem Las Vegas... Ens en vam adonar perquè al bell mig del desert i en plena nit, va ser fascinant descobrir l'estesa resplendent de neons i la lluminària folla de la il·lusió. Per absurd que sembli, de tant en tant ens arribava el terrabastall de milers de màquines escurabutxaques que escopien monedes. Ens vam aturar un moment, i, miraculosament suspesos a l'aire, vam comentar amb tota mena de detalls fins a quin punt aquella visió semblava un univers artificial. El Núvol parlava amb propietat, molt correctament, com un expert, i jo únicament li plantejava qüestions menors que ell responia amb precisió.

—A Las Vegas no hi ha temps —em va aclarir ell—. El temps hi ha estat abolit —va precisar—. És part del negoci.

D'allí ens vam dirigir a Mèxic, però abans passàvem per Phoenix, Tucson, i, ja a Mèxic, pels estats de Sonora i Chihuahua, per San Luis Potosí i per la capital... Fins que, com si esclatés una bombolla, em vaig despertar. Suava. També era negra nit, i el Núvol era a la butaca, d'on pràcticament no es movia. Em vaig posar novament a la seva altura, i ell em va mirar.

—Hem fet un gran viatge —li vaig comentar de broma, acariciant-li les potes, i ell no em va respondre.

Li vaig donar una mica d'aigua i ell la va paladejar amb la llengua rosada. També vaig intentar que mengés un granet de pinso dels més tous, però no el va voler. Quan vaig provar de donar-li cortisona amb la xeringa va girar lleugerament el cap. Jo ja he dit que estava assegut al seu davant, i ja he dit també que de tant en tant l'acariciava, i, malgrat que el Núvol no hagués millorat gens i estigués tan prim, per primera vegada des de feia mesos tant ell com jo semblàvem serens i en pau. No hauria sabut explicar quina era la causa d'aquella calma, però tant a casa com defora hi havia una placidesa que agraíem.

El Núvol i jo vam viure aquella nit amb serenitat i des del convenciment que les pors i les indecisions anteriors havien quedat definitivament enrere. Ell sabia exactament on érem, i jo havia acceptat la situació. Poques vegades havia estat tan nítida la percepció del temps alentit, però ara en gaudíem, i vam constatar que la nit es fonia lentament, que la grisor es tenyia de roig i evolucionava després cap al daurat i el rosa suau amb què s'obria el nou dia. Si miràvem a l'exterior tot semblava quiet, però al cap de no res constataves els canvis. Segurament el darrer dia seria difícil. Veia el meu Nuvolet consumit per la malaltia; era un ésser dolç, un amic, un fill, segons com també era un pare, una ànima bessona, un ésser estimat al qual no hi havia manera de compensar pel mal que li havia fet. El veterinari treia importància a aquell tema de les pipetes tòxiques i insistia en la idea que els siamesos tenien sovint problemes de pell, i que aquell producte per als paràsits es donava a molts animals, que era segur i que mai no passava res.

Quan aquell home em parlava així em feia posar malalt; el veia com un botxí vulgar, com algú greixós que matava i prou, algú sense la més mínima sensibilitat, sense el tacte que demanava la situació. La noia que ens rebia era diferent, ella sabia el nom del Núvol, preguntava si menjava, si tenia febre... El veterinari no, però ja no em veia amb cor de transportar el Núvol fins a no sé quin pont, lluny. No podia. Si hi anéssim volant seria fàcil, però no era el cas, i el diagnòstic era exactament el mateix. També era cert que res no es podia controlar del tot.

8

Tirós era i encara deu ser un poble diferent; semblava un indret remot, agrest, d'alta muntanya, que havia quedat al marge dels canvis generals que s'havien esdevingut al país els darrers anys, però en realitat és a deu o quinze minuts del mar, no gaire lluny de la frontera, ben a la vora del Casino, els responsables del qual, per dissimular els enormes beneficis que genera, organitzen un cop l'any un festival d'estiu.

Quan nosaltres hi vam arribar, a Tirós encara hi havia un punt de deixadesa general: l'absència d'enllumenat públic que ja he comentat; la brutor dels carrers, on sempre pul·lulava la variada gamma de gossos i gats; les façanes de les cases, que semblaven acabades de sortir d'una guerra; el restaurant mateix, que abans de gestionar-lo l'Àngels oferia als clients un tracte diguem-ne pintoresc... Hi havia gent magnífica, a Tirós, bones persones que s'obrien a ajudar-te en tot el que podien, gent cordial, com per exemple mossèn Joan, o bé la Sílvia, que havia obert la nova botiga i es desvivia per servir el poble; i hi havia persones entregades a la seva feina, com l'Eva i el Mateu; i els que feinejaven sempre, com ara l'Estevet, que anava del camp a casa seva, on tampoc no s'estava quiet, o l'Elizabeth i el Pere Madaula, el Josep i la Carme, l'estimada Aurora i el Ramon... Però també hi havia gent desagradosa, tancada, sorruda i poc comunicativa.

Nosaltres hi vam arribar de casualitat, i els primers anys els vam viure amb il·lusió, notant també que d'alguna manera el poble i el paratge de l'entorn, certament bells i de proporcions humanes, començaven a millorar. Després va venir el que he explicat i ara, vist en perspectiva, quan ja hem abandonat la casa, el millor que ens queda és el Núvol, la seva sensibilitat bondadosa, la saviesa de descobrir a l'estiu un racó bac o amb ombres fresques, o bé, al contrari, la tebior del sol d'hivern, la calma d'estar-se hores a la terrassa mirant el carrer per si passava algú i saludar-lo, la passejada tranquil·la pel poble, l'energia de les corredisses que feia pel jardí tot empaitant papallones, o bé de nit al passadís de casa, a Barcelona, a les fosques, empenyent una boleta dura i acolorida. El pitjor era la relació amb la jerarquia de l'Església, que s'havia mostrat cruament egoista i sense sensibilitat.

A Tirós s'explicaven històries ben curioses del darrer capellà que havia viscut a la rectoria amb la minyona. Ningú no insinuava que tinguessin relacions, però d'ella sí que es deia que els vespres corria pels camins propers al poble, deixant-s'ho fer tot pels homes que la buscaven a canvi de diners. A mi em va semblar de veure-la alguna nit asseguda al sofà, lluminosa, amb els cabells negres i lluents deixats anar, fumant i separant les cuixes cada vegada més luxuriosament. Era una aparició, un espectre, un fantasma de què es parlava al poble, i els primers temps l'associava als grinyols que feien les bigues noves, a unes misterioses explosions nocturnes que no vam saber identificar fins que el Mateu, l'antic alcalde, ens va dir que eren canons de so per foragitar els porcs senglars. Es parlava igualment de la paret del cementiri on acabada la guerra els falangistes havien afusellat quatre anarquistes, i de la vella francesa de cabells esbullats que vivia sola i feia que els esperits dels difunts es manifestessin.

Quan nosaltres hi érem també hi havia gent diguem-ne particular; una era la dona de Portbou que vivia als afores, sempre vestida de coloraines i que anava apressada arreu, a la botiga, al restaurant per si li venien un tros de pa, que sortia al camp per fer un ram de flors malves o per passejar un gos gegantí que gairebé l'arrossegava. Mai no et mirava als ulls, i al cap d'un temps es va aparellar amb un aturat que es feia passar per artista-pintor, de qui ningú no havia vist cap obra, i que en realitat només era gandul.

—Des que el pintor hi fa anar el pinzell se la veu un pèl més tranquil·la, la boja, oi? —va dir un al restaurant a l'hora de fer el cafè de mitja tarda.

—Sé pas... —va concloure de manera escarida un altre.

I, sí, efectivament, tal com he dit des que érem a Tirós se'ns acumulaven els morts, els que s'havien posat malalts greus, els que marxaven del poble per raons diverses, els que hi passaven un parell d'estius i després desapareixien... Amb les eleccions van substituir l'alcalde David per una pubilla, després va ser alcalde un pobre home curt de gambals que va plegar a mig mandat i va donar pas a una dona grimpadora que va esgotar la paciència de tothom. En canvi el secretari sempre era el mateix, persistent, poca cosa i tossut, tot d'una peça, sense ànima i convençut que la seva feina era engalipar la bona gent. Els joves es casaven, els infants començaven a fumar i a fer el ximplet a la Festa Major, la gent de més edat sortien poc i es decandien... Havíem estat gairebé vint-i-cinc anys a Tirós, dels quals més de deu vam tenir el Núvol amb nosaltres. I de vegades sentia que el Núvol, el Bus i la natura eren la quinta essència d'aquell poble esquerp, petit i arrapat a un turó.

Potser hi havia un punt de bogeria, en el meu afecte pel Núvol, però coneixia altres persones que sentien el mateix o coses similars pels animals de companyia. En part és perquè la relació amb ells no ens obliga tant com la que tenim amb les persones, però en aquells moments jo raspallava el Núvol amb cura, li netejava els ulls i li donava aigua a la boca. Érem a Barcelona i estava clar que ell ja no tornaria a Tirós. Ho sabíem, i quan hi vaig pujar jo sol a recollir uns documents, la casa em va sorprendre. La vaig trobar immensa, com si s'haguessin duplicat els espais i multiplicat el nombre d'habitacions i jo les hagués de descobrir una a una a còpia de caminar i passar per cambres i salons que em duien a estances cada vegada més grans, més buides i més desconegudes. I tots aquests espais feien una altra vegada mala olor, una fortor d'orins, d'humitat i de pols que em recordava el primer dia que hi vam entrar. I el mateix passava als baixos, que mai no utilitzàvem i que no s'havien restaurat: hi descobria coves, piscines, pous, portes que no aconseguia d'obrir de cap de les maneres i que no sabia on donaven.

L'entorn de Tirós també em semblava diferent de com el coneixia, però en un altre sentit: veia les muntanyes blavoses al fons, coronades de neu, caminava pels turons i creuava les pinedes que duien als pobles veïns, que a mi sempre em van semblar més endreçats i acollidors. Hi havia delicades tanques de fusta blanca, amuntegaments de llenya, petites fumeres grises darrere un mas, els grans horts a tocar del riu, els ceps nuosos i de color terra. Aquells dies no vaig trobar ningú mentre passejava, i em va semblar que tot i el fred que feia, la varietat de verds era sorprenent: verds lluminosos, tirant a tendres, i verds profunds, foscos, gairebé negres.

El matí que vaig telefonar al veterinari va ser molt dur, i, mentre ell i jo parlàvem, no em creia del tot que finalment fos capaç de dur a terme el que dèiem que faríem: seria aquella mateixa tarda, a les sis. I el dia es va fer molt llarg, molt, etern i lleig.

Quan va arribar el moment ni la Gemma ni jo no gosàvem dir res. El Núvol, tot i la campana que l'engavanyava, va entrar a recules i dòcilment a la gàbia. A mi em va sorprendre, i em vaig emocionar. Em notava el cor com una màquina folla i vaig tenir la temptació de telefonar a la clínica per ajornar-ho tot; aleshores la Gemma em va dir, amb tota la raó, que ajornar-ho era viure aquell moment dues vegades, que el Núvol no estava bé, que havíem acordat que no patís per la malaltia. Tanmateix, l'anada a la clínica va ser esgotadora: el Núvol s'havia aprimat, però la gàbia pesava enormement, i jo m'havia d'aturar perquè els semàfors es posaven vermells. Em semblava que tenia els peus de plom, que les sabates se m'enganxaven a terra, que les cames es negaven a obeir-me, que no es movien com jo volia, que anaven soles, que jo decidia allunyar-me de la clínica i els peus m'hi duien...

Després em vaig adonar que ja era gairebé fosc, que els llums de la ciutat eren nítids en la negror de xarol, però que percebia el conjunt com si no hi veiés bé, una mica boirós, amb les formes alterades. Els autobusos no acabaven de passar mai i semblaven més amples que els carrers; els llums de la botiga de làmpares que feia cantonada es van tornar vermells, com si l'edifici sencer s'incendiés, i després es van apagar, i en fixar-m'hi millor vaig veure que eren encesos com sempre i bàsicament de colors càlids. Va passar rabent un vehicle amb un xivarri absurd de música tecno. M'irritava la sensació que únicament nosaltres tres, el Núvol, la Gemma i jo, teníem aquell problema, i em deia que segurament tot seria ràpid, que per insensible que fos el veterinari acabaria entenent la meva angoixa.

En arribar a la clínica em va sobtar desagradablement la fortor salada de pinso que sempre trobava ofensiva. No l'hauré de tornar a sentir, aquesta fortor, vaig pensar, i al cap d'un moment ens van dur al que en deien la sala de cures. La taula i les cadires metàl·liques, i els mobles blancs amb medicaments, em van semblar gèlids, i vaig tenir fred. El veterinari em va donar la mà i després vaig obrir la gàbia però el Núvol no es va moure. Abans, quan obria la portella de la gàbia el Núvol en sortia de seguida i mirava tothom, astorat.

Aquell dia, per evitar problemes amb la campana de plàstic, vaig desmuntar la tapa superior del gabió, i, amb cura, vaig alçar el Núvol a pes de braços, i, en comptes de deixar-lo a la taula inhumanament freda, el vaig abraçar. Ell no deia res, no remugava, no feia cap miol, semblava tranquil. Li notava el cos prim i calent, i el vaig tenir així una estona, acaronant-lo i sense dir-li res. La maleïda campana de plàstic transparent em molestava però no em volia separar del Núvol, i em vaig posar a plorar en silenci, avergonyit. Feia anys que no plorava davant d'altres persones, i em sabia greu no poder explicar que no plorava únicament pel Núvol, que també ho feia per mi, pels familiars, amics i coneguts que havia perdut al llarg dels anys, i pels dies difícils que vindrien quan el Núvol no hi fos. Plorava pels que estimava.

Quan finalment vaig deixar el Núvol a la taula ell es va arraulir, com si s'encongís. El veterinari li va treure la campana i per un moment va semblar que es refeia, que aixecava el cap sorprès i mirava a l'entorn. Jo em vaig disculpar amb el veterinari i la seva ajudant per estar tan trasbalsat.

—Per favor —va dir el veterinari—, tot el que calgui. Nosaltres també ho lamentem. El Núvol és una meravella.

Vaig fer un gest amb el cap d'agraïment per haver esmentat el meu amor pel seu nom, però no vaig poder dir res. M'havia inventat que aquell home era un botxí sense entranyes, que era un carnisser, i els fets novament em demostraven que estava equivocat. El veterinari era una persona sensible, i, tant ell com l'ajudant, em van fer costat, em van donar temps, i em van explicar amb tacte que adormirien el Núvol, com quan l'havien operat per la ferida de la cuixa, cosa que jo els havia comentat en una altra ocasió, i que un cop adormit el Núvol no sentiria res de res, que entraria en un son profund, que descansaria, tranquil, però que era preferible que quan ja dormís jo marxés, que ells s'ocuparien de tot.

Jo volia tenir el Núvol en braços en el darrer moment, el volia sentir viu tant com fos possible, però vaig acceptar de seguida el que em deien, segurament per coquineria, i també perquè no estava segur de suportar-ho. I, vaig veure com s'adormia. De fet es va rendir, tot ell es va relaxar, i, amb els ulls oberts, va començar a respirar més tranquil.

—Ja dorm —em va dir el veterinari—. Està tranquil.

A mi m'hauria agradat que en aquell moment passés alguna cosa extraordinària, que es produís un fet excepcional, un gran tro, un llamp, un terrabastall, però tot va ser planer, anodí. El Núvol dormia, només això; tenia els ulls oberts, vidriosos, cosa que el veterinari va descriure com a perfectament normal. Jo no vaig gosar demanar-li per què passava allò i què volia dir normal, i, amb un nus al coll, vaig acariciar per darrera vegada el cos del meu àngel estimat, del meu amor. Li vaig fer petons, i, a cau d'orella, només a ell, li vaig dir una altra vegada que l'estimava, li vaig demanar mil vegades que em perdonés pel mal que li havia fet sense voler, i li vaig dir que no l'oblidaria mai, que li agraïa tot el que havia après amb ell i la seva bondat, i que ningú no el substituiria.

En ser defora, en aquella placeta fosca en què només hi havia la claror dels aparadors, vaig notar una gelor molt intensa. Feia fred, i sense la gàbia i sense el Núvol, em sentia desposseït d'alguna cosa essencial, com si anés mig despullat, i em deia: torna a casa, però no sabia com allunyar-me de la clínica. Em sabia greu no haver estat capaç de quedar-me amb el Núvol fins al final, l'havia deixat adormit, i no tenia cap certesa que el fet s'hagués conclòs; per tant, mentre em mirava la façana de la clínica tant podia ser que el Núvol encara dormís profundament, com que ja no hi fos. Jo em deia que segurament ja s'havia acabat tot, i que no era raonable que el tinguessin gaire estona adormit a la taula de cures. Però el meu cap era un garbuix, i pensava expressament quatre o cinc coses alhora per no fer-me càrrec real de la situació. Era evident que no podia entrar de nou a la clínica per preguntar si tot s'havia acomplert, tampoc no podia fer-los veure que no havíem decidit res amb relació al cos, tot i que, vagament, em semblava haver-los sentit dir que ells se n'ocuparien, però no van precisar què volia dir exactament que se n'ocupessin. I si telefonava a la Gemma seria ridícul i profundament decebedor per a ella adonar-se que jo ho havia fet tot malament.

Aleshores, de la manera més inconvenient, em van venir unes ganes imperioses d'orinar. Devia ser a causa del fred i pels nervis que passava, però vaig creure que tampoc no podia demanar als de la clínica d'anar al lavabo ja que hauria de preguntar pel Núvol, que era precisament el que no gosava de fer. I no volia anar a un bar perquè l'ambient sorollós i la tele engegada em semblaven inconvenients i em feien posar nerviós. I llavors, com que era evident que no arribaria a casa, em vaig amagar entre dos contenidors d'escombraries que eren a la zona més fosca de la plaça, i vaig orinar d'amagat, com si cometés un delicte, amb por que algú em veiés. En haver acabat, sí que vaig decidir de tornar a casa, tot i sentir-me brut, culpable i desposseït, però ho havia de fer caminant pels carrers foscos i no pas volant com en els somnis.

M'afeixugava una pressió que no era el pes del món a què es refereix Sartre, sinó la mort sotjant-me somrient i victoriosa des d'un indret ignot. Tornava, doncs, a Maeterlinck, que sense ser personalment sant de la meva devoció, sí que havia tocat alguna tecla essencial en referir-se a la mort com l'única determinació. Perquè aquella nit, efectivament, no em trasbalsava la condició social de ningú sinó la pèrdua d'un ésser estimat que se n'anava quan encara podia tenir una mica més de temps. I precisament per això pesava tant la fètida mort, que ens deixava sense «savoir de quelle manière nous envisagerons l'infini», tal com diu Maeterlinck. Un infinit concloent, ja que amb tota certesa mai més no podria parlar amb el Núvol, mai més no el veuria encalçar ingènuament les papallones al jardí, mai més no em respondria amb un rebuf ni em miraria de través perquè li havia fet un gol amb la piloteta vermella.

El compungiment i el dolor d'aquells dies van ser immensos. Segurament resultaven ridículs per a segons qui, però per a nosaltres el dolor era desmesurat. També va ser difícil treure de casa els estris que eren del Núvol i conviure els primers dies amb el buit que havia deixat. El pis de Barcelona ens semblava inhòspit, inhabitat, i ens costava fins i tot de parlar. Quan érem al llit notàvem amb tristesa l'absència del Núvol, si em llevava per alguna necessitat nocturna me l'imaginava amagat darrere de la seva butaca, i també mirava si era al passadís fent una de les seves últimes passejades. Quan jo treballava el trobava a faltar, i, de tant en tant, em girava per verificar que no hi era. Pel carrer el buscàvem amb la mirada entre els flotons de gent com si s'hagués escapat de casa i perdut per sempre entre la multitud.

També intentàvem d'asserenar-nos, però la pau difícil que es respirava era com una acusació i ens feia mal, perquè semblava com si ens comencéssim a refer massa ràpidament del seu traspàs. Quan no pensàvem en el Núvol ens sentíem culpables, si ens distrèiem mirant una pel·lícula a la televisió teníem remordiments, si sortíem a airejar-nos ens semblava que no era just aquell esbarjo... També consideràvem que no ens havien advertit prou que aquella nafra del clatell era greu, i ens dèiem que havíem tingut temps per estar preparats, que en el fons teníem sort, que altres persones vivien situacions infinitament pitjors que la nostra, que el Núvol havia gaudit d'una bona vida, breu, però que els seus germans havien mort abans que ell i ningú no els havia estimat, cosa que amb tota certesa ell sabia.

Al llit, en silenci, o davant de la pantalla de l'ordinador, em deia que seria un consol plorar desesperadament, però no podia ni trencar el plor perquè em semblava que no tenia dret a aquest alliberament, no me'l podia concedir, no me'l mereixia. I, tanmateix, a poc a poc, molt a poc a poc, vam començar a notar una relativització del dol que passàvem. Vam fer emmarcar una fotografia preciosa del Núvol, de tant en tant en parlàvem i el recordàvem jugant a fet i amagar...

I després a Tirós va venir el bon temps, algunes anades a la platja a través del bosquet de pins, les pluges sobtades i sorolloses de finals d'agost, i una altra vegada les tardes grises de la tardor, l'olor de llenya dels hiverns, les muntanyes esvaïdes al fons de les vinyes i els turons verds, els carrers animats de la capital en vigília de les festes, les feines diverses, les visites que ens feien els amics, malalties greus que feliçment se superaven, la joia de l'arribada de dues criatures meravelloses...

I passaven els anys; el Núvol era una emoció, una vivència, una part de nosaltres mateixos, una barreja de tristesa i felicitat.

Quan va arribar el dia de deixar la casa de Tirós ens va semblar que ell tornava, que miolava i que jugava al jardí, i jo el veia córrer per les teulades com mai no ho havia fet i li deia, amic meu, volem?, vols que volem?, i sí, ell i jo alçàvem el vol, enllà, enllà, fins al darrer dia.